Jutta Maria Herrmann

Böse bist du

Das Buch

An einem Sommertag zeltet eine Clique Jugendlicher an einem einsamen Waldsee. Ein letztes Mal wollen sie miteinander feiern, bevor sich ihre Wege nach dem Ende der Schulzeit trennen. Am nächsten Morgen sind vier von ihnen tot. Nur ein Mädchen überlebt schwer traumatisiert.

Fünfzehn Jahre später: Die Bilder der schrecklichen Nacht sind für alle Zeit in ihrem Kopf. Immer wieder glaubt sie, in Fremden den Mörder ihrer Freunde zu erkennen. Und als der vermeintliche Täter ihr eines Tages tatsächlich gegenübersteht, trifft sie eine folgenschwere Entscheidung. Sie ahnt nicht, dass sie damit Ereignisse auslöst, die den Horror der Mordnacht am See noch übertreffen.

Die Autorin

Jutta Maria Herrmann ist gebürtige Saarländerin, gelernte Buchhändlerin, studierte Germanistin. Sie hat Rockkonzerte veranstaltet, als Putzfrau Böden geschrubbt, als Sekretärin in einer Tischlerei und im Ökowerk Berlin gearbeitet, Synchrondrehbücher geschrieben und vieles mehr. Jetzt verdient sie ihre Brötchen als Assistentin der Politikredaktion einer Tageszeitung und immer, wenn es ihre Zeit erlaubt, setzt sie sich vor den Computer und schreibt ihre Geschichten auf.

2019 gewann ihr Psychothriller »Böse bist du« den Kindle Storyteller Award.

Weitere Informationen unter: www.jutta-maria-herrmann.de

JUTTA MARIA HERRMANN

BÖSE BIST DU

PSYCHOTHRILLER

Die Originalausgabe erschien 2019 unter dem Titel »Böse bist du« im Selbstverlag

Veröffentlicht bei
Edition M, Amazon Media EU S.à r.l.
38, avenue John F. Kennedy, 18055, Luxembourg
März 2020

Umschlaggestaltung: bürosüd° München, www.buerosued.de
Nach dem Originaldesign von © Saskia Calden
Umschlagmotiv: © red mango © Willyam Bradberry © Naomi Marcin
© CK Foto © Mia Stendal / Shutterstock;
© Rekha Garton / ArcAngel
Lektorat und Korrektorat: VLG Verlag & Agentur, Haar bei München, www.vlg.de

Gedruckt durch:
Amazon Distribution GmbH, Amazonstraße 1, 04347 Leipzig /
Canon Deutschland Business Services GmbH, Ferdinand-Jühlke-Str. 7, 99095 Erfurt /
CPI books GmbH, Birkstraße 10, 25917 Leck

ISBN 978-2-49670-467-9

www.edition-m-verlag.de

»In jedem von uns ist ein anderer, den wir nicht kennen.«
C. G. Jung

»Im Zustand des Hasses sind Frauen gefährlicher als Männer.«
Friedrich Nietzsche

Prolog

Endlich lassen die zwei von ihr ab. Nur eine Atempause? Werden sie ihre Quälereien gleich fortsetzen? Nein, Gott sei Dank, sie drehen sich um. Entfernen sich, sind bald zwischen den Bäumen verschwunden.

Sie ist allein.

Halt! Wartet! Das könnt ihr nicht machen!

Sie schreit. Doch die Worte verhallen in ihrem Kopf. Kein Laut kommt über ihre Lippen. Entsetzen breitet sich in ihr aus. Ihr Herzschlag ein Trommelfeuer.

Wie von Sinnen zerrt sie an den Fesseln. Die groben Fasern schneiden tief in ihre Haut. Das Blut läuft über ihre Hände, tropft auf den Waldboden.

Der Knebel in ihrem Mund, von Spucke durchtränkt, wird immer größer, kriecht ihr in die Kehle. Sie würgt, ist kurz vorm Ersticken.

Gierig saugt sie die Luft durch die Nase, jeder Atemzug ein wimmernder Schmerz. Der letzte Faustschlag ins Gesicht hat ihr das Nasenbein gebrochen.

Ein plötzliches Geräusch lässt sie innehalten. Lauschend hebt sie den Kopf. Ein Rascheln. Noch fern, aber es kommt näher. Kehren sie zurück?

Hoffnung flammt in ihr auf. Aber auch Angst. Schreckliche Angst. Was werden sie mit ihr machen? Sie kaltblütig umbringen? Wie sie es mit ihren Freunden getan haben? Panisch hetzt ihr Blick hin und her. Die Schatten zwischen den Bäumen scheinen auf sie zuzukriechen. Eine Bewegung hinter dem Busch links von ihr. Sie hört Stimmen, erkennt ihr Lachen. Aber das kann nicht sein. Alle sind tot.

Das Rascheln wird lauter, kommt jetzt von überall gleichzeitig. Etwas Feuchtes trifft auf ihre Stirn. Ein Tropfen. Es regnet.

Immer mehr Tropfen prasseln auf sie und den laubbedeckten Boden. Der Wind heult, rüttelt an den Ästen und schüttelt das Wasser von den Blättern.

Binnen Sekunden ist sie bis auf die Haut durchnässt. Ihre Tränen vermischen sich mit dem Regen.

Sie zerrt an den Stricken, spürt, wie sich die Rinde des Baumes in ihren Rücken gräbt, ihr T-Shirt zerreißt.

Sie ist müde. So müde. Schlafen, denkt sie. Doch der Schmerz wütet in ihr.

Bitte, kommt zurück. Macht mit mir, was ihr wollt, aber lasst mich nicht allein.

Ihre Lider flattern, fallen zu. Sie gleitet hinab, tiefer und tiefer in das tröstliche Dunkel.

Als sie die Augen wieder öffnet, hat der Regen aufgehört. Die Erde dampft. Vor ihrem Gesicht tanzen Mücken in den ersten Strahlen der aufgehenden Sonne.

Es müssen Tausende sein. Sirren um sie herum, setzen sich auf ihr Gesicht, kriechen ihr in die Nase, in die Ohren. Stechen in ihre nackten Beine und Arme. Erneut stößt sie Wimmerlaute aus. Der Juckreiz bringt sie beinahe um den Verstand.

Bitte. Kommt zurück. Ich halte das nicht mehr aus.

Wie lange ist sie schon hier?

Einen Tag? Zwei Tage? Es ist gerade erst passiert und scheint doch eine Ewigkeit her zu sein.

Wieder fallen ihr die Augen zu. Als sie sie öffnet, ist es bereits Nacht. Über ihr ein Sternenmeer.

Sie spürt keine Schmerzen mehr, fühlt sich seltsam körperlos. Die Horde Wildschweine, die grunzend durchs Unterholz bricht und die Erde um sie herum aufwühlt, nimmt sie schon nicht mehr wahr.

15 Jahre später

1

Schon als kleines Mädchen habe ich Weihnachtsmärkte über alles geliebt. Mutter nahm mich immer fest an die Hand, damit ich ihr in all dem Trubel nicht abhandenkam. Eingehüllt in die Gerüche nach gebrannten Mandeln, Zimt und Rostbratwurst verweilten wir vor jedem Verkaufsstand und bestaunten die ausgelegten Waren. Mit begehrlichen Blicken betrachtete ich die Leckereien, zeichnete mit den Fingerspitzen das Wabenmuster der Kerzen aus Bienenwachs nach und erfreute mich an den schönen Christbaumkugeln. Wohin man auch schaute, es glitzerte und funkelte überall. Selbst die Gesichter der Besucher schienen im Glanz der bunten Lichter zu leuchten.

Und kalt musste es sein.

So wie heute. Jetzt fängt es sogar an zu schneien. Dicke Schneeflocken torkeln wie trunken vom Himmel und schmelzen, kaum dass sie den Boden berühren. Es ist das erste Mal seit langer Zeit, dass ich mich allein unter so viele Menschen wage. In meinem Magen rumort die Aufregung. Aber so unangenehm fühlt es sich gar nicht an. Ich bin nur eine unter vielen. Niemand beachtet mich. Niemand will mir etwas Böses. Mit diesen Gedanken als ständigen Begleitern schlendere ich über den Platz und bin überrascht, wie gut es mir damit geht.

Vor dem Kettenkarussell bleibe ich stehen. Eine Frau, etwa mein Alter, hebt ein kleines Mädchen in einen der Sitze. Das Kind klatscht vor Freude in die Hände. Die Frau streicht ihm liebevoll über die Wange und tritt zurück. Ein Pfiff und das Karussell nimmt Fahrt auf. Die Kinder strahlen und jauchzen vor Vergnügen. Mir wird ganz warm ums Herz.

Mein Blick fällt auf einen Jungen etwas abseits der wartenden Erwachsenen, an der Hand hält er ein Mädchen. Der sehnsüchtige Blick, mit dem die beiden die immer höher fliegenden Sessel verfolgen, ruft Erinnerungen an meine eigene Kindheit wach. Wir waren nicht arm, aber Mutter musste dennoch jeden Pfennig zweimal umdrehen, wie sie sagte, und mehr als eine Tüte gebrannte Mandeln und eine Runde mit dem Karussell konnten wir uns damals einfach nicht leisten. In einem spontanen Impuls gehe ich auf die Kinder zu.

»Seid ihr allein hier?«

Sie schauen zu mir hoch und schütteln die Köpfe. Ihre kleinen Gesichter sind gerötet von der Kälte. Das Mädchen weist mit der Hand, die in einem pinkfarbenen Fäustling steckt, nach rechts. Dort steht ein Pärchen vor dem Schießstand. Der Mann legt gerade das Gewehr an und zielt.

»Papa schießt Rosen für Mama«, sagt der Junge und wischt sich über seine rote Nasenspitze.

»Seid ihr denn schon mit dem Karussell gefahren?«, frage ich.

»Nein«, piepst die Kleine.

»Papa sagt, für so was haben wir kein Geld«, ergänzt der Junge mit ernster Miene.

Aber um Rosen für die Gattin zu schießen, reicht es. Ich schicke einen bösen Blick zu dem Paar am Schießstand.

»Wartet mal«, sage ich.

An der Kasse kaufe ich zwei Karten und drücke sie den Kindern in die Hand. »Die sind für euch.«

»Aber das geht doch nicht.« Der Junge beäugt skeptisch sein Ticket.

»Danke«, fällt ihm seine kleine Schwester ins Wort und strahlt mich an. »Vielen, vielen Dank.«

»Ab mit euch«, sage ich lächelnd.

Das lassen sie sich nicht zweimal sagen. Mit einem nochmaligen »Danke« stürmen sie davon. Gut erzogen sind sie jedenfalls. Zumindest ein, wenn auch winziger, Pluspunkt für die Eltern.

Gerührt sehe ich zu, wie der Junge seiner Schwester in einen Sitz hilft und fürsorglich die Sicherheitskette befestigt. Dann hievt er sich in den Nachbarsitz. Langsam setzt sich das Karussell in Bewegung. Die zwei winken mir zu. Ihre Gesichter strahlen. Ich winke zurück und gehe weiter, im Bauch jetzt ein warmes Kribbeln. Die Aufregung ist wie weggeblasen.

Spontan beschließe ich, mir einen Glühwein zu gönnen. Als kleine Belohnung für meinen Mut, dass ich dem Rat meiner Therapeutin gefolgt bin und mich ohne Begleitung hergewagt habe. Gut gelaunt stelle ich mich ans Ende der Schlange, die sich vor dem Stand gebildet hat. An der Schießbude schräg gegenüber überreicht der Vater der beiden Kinder seiner Frau gerade feierlich eine Plastikrose. Ihnen scheint noch nicht aufgefallen zu sein, dass ihre Sprösslinge nicht mehr vor dem Karussell stehen.

Ein gellender Schrei lässt mich zusammenzucken. Ich wirbele herum. Ein junges Mädchen rennt mit wehenden Haaren auf mich zu. Panik in den weit aufgerissenen Augen. Sie sieht aus wie … Für den Bruchteil einer Sekunde hört mein Herz auf zu schlagen. In meinem Kopf macht es *klick*. Vor meinem geistigen Auge taucht der See auf. Die untergehende Sonne färbt das Wasser blutrot. Mich überläuft es eiskalt.

Und dann entdecke ich ihn.

Er kommt ganz unvermittelt zwischen zwei Weihnachtsbuden hervor, bewegt sich in einem stakkatohaften Gleichschritt auf mich zu. Atemnebel schwebt wie ein milchiger Schleier vor seinem Mund. Trotz der Kälte trägt er ein weißes, kurzärmeliges Hemd, dazu die obligatorische graue Stoffhose. Auf dem Gesicht pappt dieses Lächeln, das sanft und boshaft zugleich erscheint. Bei seinem Anblick erfasst mich eine Art Schockstarre. Jedes Mal aufs Neue.

Leander.

Jetzt bleibt er stehen. Verschränkt die Arme, fixiert mich mit seinen hellen Augen. Lächelt sein grausames Lächeln.

Ich weiß, er ist nicht real. Er kann nicht real sein. Er ist ein Relikt aus der Vergangenheit. Eine Projektion meiner Angst. Diese Worte bete ich jedes Mal wie ein stummes Mantra herunter. Immer dieselben. Aber heute kommen sie nicht bei mir an.

Renn weg, brüllt die Stimme in meinem Hinterkopf. Aber meine Beine gehorchen nicht. Ich stehe wie in Stein gemeißelt, Leanders Blick hält mich gefangen.

Die Zeit scheint stillzustehen.

Ein lauter Knall. Ein Schuss. Das unsichtbare Band zwischen ihm und mir zerreißt. Endlich kommt Leben in mich. Ich schnelle herum, stoße blindlings jemanden beiseite und renne.

In einer Seitenstraße finde ich mich wieder. Eine Hand gegen eine Straßenlampe gestützt, ringe ich keuchend nach Atem.

Jemand packt meinen Oberarm, bewahrt mich davor, zu Boden zu sinken. Eine Stimme, fern wie durch einen Filter.

»Ist Ihnen nicht gut? Soll ich einen Rettungswagen rufen?«

Ich schaffe es gerade noch, den Kopf zu schütteln und »Nein, nein, schon gut« herauszuwürgen. Dann erbreche ich mich über die Schuhe meines Helfers.

2003

Seit einer gefühlten Ewigkeit holperten wir auf unseren Rädern über einen staubigen Weg, der sich als schmale Schneise durch den Wald schnitt. Die armdicken Wurzeln, die sich wie Schlangen über den ausgetrockneten Boden wanden, hatten mich schon ein paar Mal fast zu Fall gebracht. Die Bluse klebte mir unter dem schweren Rucksack schweißnass am Rücken, meine Zunge fühlte sich an wie ein kleines pelziges Tier. Die Hitze, die seit Wochen über der Stadt hing und vor der wir geflüchtet waren, war mittlerweile bis in die letzten Winkel der Wälder Brandenburgs gekrochen. Keine Grille zirpte. Kein Vogel zwitscherte. Kein Windhauch regte sich. Nur ein paar emsige Bienen summten am Wegrand von Blüte zu Blüte. Ab und zu drang leises Rascheln aus dem Unterholz, als würde ein Vogel durch das vertrocknete Gestrüpp hüpfen.

Die Idee mit der Fahrradtour war auf Pauls Mist gewachsen. Aus Rücksicht auf meine klammen finanziellen Mittel hatten sich meine Freunde gegen eine Flugreise in fernere Gefilde entschieden. Ein Verzicht, der mich insgeheim mehr beschämte als erfreute. Obwohl es von den anderen sicher lieb gemeint war, betonte er in meinen Augen die Außenseiterposition, die ich als *Arbeiterkind* innehatte. Wieder mal.

Anyway.

Mit unserer Clique war es ohnehin demnächst vorbei. Das würde mit an Sicherheit grenzender Wahrscheinlichkeit die letzte gemeinsame Aktion sein. Unsere Wege trennten sich für lange Zeit, womöglich für immer. Die anderen zog es nach Paris, um an der Sorbonne zu studieren. Juli bekam jedes Mal einen total verklärten Gesichtsausdruck, wenn sie mir vom *Savoir-vivre* der Franzosen vorschwärmte. Sie sah ziemlich bescheuert dabei aus. Paul hatte ursprünglich vorgehabt, den Sommer über noch in Berlin zu bleiben, entschied sich zu meiner Enttäuschung aber im letzten Moment um. Den Grund hat er mir nicht verraten, aber ich wusste ihn auch so. Wahrscheinlich hatte Juli ihn so lange bekniet, bis er nachgegeben hatte. Die Zwillinge hielten es nie lange ohne einander aus. Dagegen hatte ich so gut wie keine Chance. Da habe ich mir von Anfang an nichts vorgemacht. Weh tat es natürlich trotzdem.

Ich würde also allein in Berlin zurückbleiben. Bis Semesterbeginn bei McDonald's jobben und hoffen, dass der Antrag auf BAföG, den ich auf den letzten Drücker eingereicht hatte, reibungslos durch die Instanzen kam. Wovon bei der mehr als mauen finanziellen Lage meiner Familie eigentlich auszugehen war. Keine Frage, wer von uns vieren die Arschkarte gezogen hatte. Schnell schob ich die trübsinnigen Gedanken wieder beiseite. Jetzt waren erst mal ein paar freie Tage und jede Menge Spaß angesagt.

»Menno, Paul«, schimpfte Juli. »Wann kommt denn endlich dein beknackter See? Ich hab bald keine Lust mehr. Mir ist heiß und der Hintern tut mir weh.«

Paul radelte an der Spitze unserer Viererkolonne, dicht gefolgt von Juli. Dahinter fuhr Erik, Julis Interims-Lover, wie sie ihn ziemlich geringschätzig nannte, und dann in einigem Abstand ich. Ein paar Meter hinter mir hechelte Corky, der altersschwache Labrador der Zwillinge. Irgendwie symbolisierte diese Reihenfolge auch die Hierarchie in der Gruppe. Die Erkenntnis stieß mir nicht zum ersten Mal bitter auf.

Paul reckte einen Arm in die Höhe und rief: »Patience, Mademoiselle. Nous y sommes presque.«

Juli lachte und antwortete irgendwas auf Französisch, von dem ich nur die Hälfte verstand, weil Corky in dem Moment zu knurren anfing. Ich bremste, sprang vom Rad und drehte mich nach ihm um. Der Hund verharrte mit gebleckten Zähnen mitten auf dem Weg. Bevor ich ihn zu mir rufen konnte, preschte er mit lang heraushängender Zunge und einer Geschwindigkeit, die ich ihm nicht mehr zugetraut hätte, seitlich ins Dickicht.

2

Was war das? Mit einem Schlag bin ich hellwach, lausche mit klopfendem Herzen. Das Schlafshirt klebt mir unangenehm feucht am Körper.

Maike-Schätzchen, wo steckst du?

Die Stimme schwebt im Raum, ihr Klang so weich wie Samt, als würde sie ein scheues Kätzchen locken. Der schmeichelnde Ton schlängelt sich in meine Gehörgänge, bohrt sich mir tief in den Kopf hinein.

Maike-Schätzchen, wo steckst du?

Er ist hier. Angst legt sich auf mich wie ein schweres Gewicht, nimmt mir die Luft zum Atmen. Meine Augen irren durch den halbdunklen Raum. Überall Schatten, verschwommene Konturen. Wo hat er sich versteckt?

Es ist nur ein Traum. Nur ein Traum, schreit mein Verstand. Niemand ist hier. Nur ein Traum.

Der hohe Klingelton des Weckers ist Schock und Erlösung zugleich. Die bösen Geister verziehen sich in die dunklen Ecken und Nischen, wo sie jedoch nur darauf lauern, in einer der folgenden Nächte erneut hervorzukriechen, um mich in Stücke zu reißen.

Zurück bleibe ich. Ein zitterndes Häufchen Elend. Mir fehlt sogar die Kraft, den Arm zu heben, um das immer schriller werdende Klingeln des Weckers abzustellen. Unvorstellbar, wie ich es schaffen soll, aus dem Bett herauszukommen. Erst als ich in dem durchgeschwitzten Shirt zu frieren beginne, stemme ich mich mühsam von der Matratze hoch und schleppe mich ins Badezimmer. Ich ziehe das nasse Shirt aus, stelle mich unter die Dusche und lasse das heiße Wasser auf mich herabprasseln. Mein Inneres scheint zu einem Eisblock gefroren. Mir will einfach nicht warm werden. Mit beiden Händen stütze ich mich gegen die gekachelte Wand und sehe zu, wie die Wassertropfen von meinem Körper perlen, sich in der Duschwanne sammeln und im Abfluss versickern. Nach solchen Nächten wünsche ich mir, ich könnte mich einfach auflösen und zusammen mit den Tropfen im Nirgendwo verschwinden.

Erst als das Wasser merklich abkühlt, drehe ich den Hahn zu und verlasse die Duschkabine. Ich hülle mich in meinen Bademantel und tappe barfuß durch den Flur. Das flauschige Frottee auf meiner Haut fühlt sich an wie eine zarte Liebkosung.

Die Tür zum Wohnzimmer steht offen. Ich spüre ihre Anwesenheit, bevor ich sie sehe. Sie kauert auf dem Stuhl mit der geflochtenen Sitzfläche. Das Gesicht abgewandt, die Arme um die angewinkelten Beine geschlungen, summt sie leise vor sich hin. *Tears in Heaven* von Eric Clapton. Es ist immer dieser Song. Nie ein anderer. Sie wirkt zerbrechlich und so verloren, als hätte alle Welt sie vergessen. Ihr Anblick rührt mich und macht mich wütend zugleich. Ich weiß nur zu gut, was sie damit bezweckt. Sie will mir ein schlechtes Gewissen machen. Dabei trifft mich keine Schuld. Es war ein Unfall. Ich konnte doch nichts dafür. Wieso verzeiht sie mir nicht?

Meine Augen werden feucht. Der Wunsch, zu ihr zu gehen, sie zu berühren, ist mit einem Mal übermächtig. Ich gehe einen Schritt auf sie zu, flüstere ihren Namen. Sie bestraft mich mit Missachtung, singt mit brüchiger Stimme weiter, als wäre ich nicht da.

Ich wende mich ab und verlasse das Zimmer. Ihre Traurigkeit nehme ich mit, trage sie wie eine zweite Haut bis zu unserer nächsten Begegnung.

In der Küche schalte ich den Kaffeeautomaten ein. Während er sich lautstark auf Betriebstemperatur bringt, trete ich ans Fenster. Mit einer Hand wische ich über das beschlagene Glas. In der Ecke rechts unten blüht eine Eisblume. Ihre filigrane Schönheit bringt mich fast zum Weinen.

Über Nacht ist der Winter zurückgekommen. Im Lichtkegel der Straßenlaterne verwirbelt der Wind die Schneeflocken zu einem wilden Reigen. Die Dächer der Häuser auf der anderen Seite des Kanals sehen aus, als wären sie mit Puderzucker bestäubt. Dicht aneinandergedrängt, als müssten sie sich gegenseitig vor der Kälte schützen, lässt sich ein Entenpärchen von den Wellen des eisgrauen Wassers schaukeln.

Ich trinke meinen Kaffee im Stehen, sehe zu, wie sich die Umgebung vor meinem Fenster in eine weiße Zauberlandschaft verwandelt, und träume mich wie ein kleines Mädchen in eine heile Welt, in der ich vor nichts und niemandem Angst haben muss.

Als ich kurze Zeit später auf dem Weg zur S-Bahn bin, hat sich in meinem Kopf die Melodie von *Tears in Heaven* eingenistet. Manchmal schaffe ich es recht schnell, sie wieder loszuwerden, aber heute will es mir nicht gelingen. Vermutlich wird sie mich den ganzen Tag über verfolgen und all das wieder hochkommen lassen, was ich doch endlich vergessen möchte.

Der Schnee fällt nach wie vor gleich einem dichten Vorhang. Ich ziehe die Kapuze ein Stück weiter ins Gesicht und versenke beide Hände in den Taschen der Jacke. Die Bürgersteige sind noch nicht geräumt, stellenweise ist es sehr glatt. Ich gehe langsamer und genieße die Kälte, die die Gespenster der Nacht endgültig vertreibt. Unter der Oberbaumbrücke beschleunige ich meine Schritte, ich habe mal wieder die Zeit vertrödelt und bin viel zu spät dran. Über mir donnert ein Zug hinweg. Der Lärm ist kaum verklungen, da ruft jemand meinen Namen.

Ich stutze kurz, gehe dann aber zügig weiter. Sicher habe ich mich verhört. Ich wohne noch nicht lange in Kreuzberg und kenne hier niemanden. Ein zweites Mal erklingt mein Name. Lauter als zuvor. Eine weibliche Stimme. Jetzt bleibe ich doch stehen und drehe mich um. Eine Frau, ihr hochschwangerer Bauch zeichnet sich deutlich unter dem feuerroten Wollmantel ab, bewegt sich merkwürdig breitbeinig auf mich zu. Sie strahlt übers ganze Gesicht. Ich runzele die Stirn, ich kenne sie nicht. Sicher verwechselt sie mich mit jemandem. Das kommt häufiger vor. Ich habe das, was man gemeinhin ein Dutzendgesicht nennt. Ohne Wiedererkennungswert. Die Unbekannte hat mich eingeholt. Unter ihrer hellen Wollmütze quellen braune Locken hervor, umrahmen ein rundes Puppengesicht mit großen Augen und rot geschminkten Lippen. Sie hat zu viel Parfüm aufgetragen. Ich habe das Gefühl, es auf der Zunge schmecken zu können, so durchdringend ist der Duft.

»Sie müssen mich verwechseln«, sage ich.

»Ich habe dich sofort erkannt, als du dich vorhin an der Ampel kurz umgedreht hast. Hallo, Michaela«, sagt sie.

Das intensive Blau ihrer Augen bringt mich schließlich auf die richtige Spur.

»Antonia? Toni.«

Sie nickt, sichtlich erfreut, dass ich mich an ihren Namen erinnere.

»Wir haben uns ja ewig nicht gesehen. Wie geht es dir? Wohnst du hier in der Ecke?«

»Gut«, sage ich und: »Ja.« Mehr fällt mir nicht ein. Small Talk war noch nie meine Stärke.

Wir stehen uns gegenüber und lächeln uns an. Sie freudig, ich wahrscheinlich ziemlich verkniffen. Es ist mir immer unangenehm, auf Bekannte von früher zu treffen. Ich fürchte dann jedes Mal, sie könnten mich auf die Ereignisse von damals ansprechen.

Auch Toni weiß davon. Wir sind in dieselbe Schule gegangen. Wenn ich mich richtig erinnere, hatten wir zwei, nein drei Kurse gemeinsam: Mathe, Französisch und Bio. Ansonsten hatten wir wenig miteinander zu tun. Toni war der strahlende Mittelpunkt im Kreis ihrer unzähligen Freundinnen. Ich war still und ziemlich schüchtern, hielt mich eher im Hintergrund. Man hat mich damals schon gern übersehen. Ob ich sie beneidet habe? Bestimmt.

»Willst du auch zur Warschauer?«

Ich nicke ein Ja.

Sie tritt neben mich, hakt sich bei mir unter, als wären wir die besten Freundinnen. Ich zucke zusammen. Wenn ich etwas nicht mag, dann ist es Distanzlosigkeit. Aber mit der vor Kälte geröteten Nasenspitze und den glänzenden Augen wirkt sie irgendwie kindlich, also füge ich mich und passe mich ihrem Watschelgang an, obwohl es ziemlich mühsam ist.

Als wir nach ungefähr zehn Minuten auf dem Bahnsteig ankommen, bin ich im Großen und Ganzen über alles informiert, was im Leben meiner ehemaligen Mitschülerin nach dem Abi passiert ist. Nach fünfzehn Jahren in Freiburg, wo sie studiert, ihren ach so wundervollen David kennengelernt und geheiratet hat, ist sie vor ein paar Monaten zusammen mit ihm wegen eines lukrativen Jobangebots nach Berlin zurückgekehrt.

Toni holt kurz Luft und setzt ihren Monolog nahtlos fort. »Die Wohnung in der Skalitzer Straße ist natürlich nur eine Übergangslösung. David möchte, dass unser Kind in einer ländlichen Umgebung aufwächst.«

Sie legt eine Hand auf den Bauch, tätschelt die Wölbung liebevoll und schenkt mir einen treuherzigen Augenaufschlag. Ich nicke verständnisvoll und bete, dass die Bahn bald kommen möge. Mir schwirrt der Kopf von der Fülle der Informationen, mit der sie mich in der kurzen Zeit bombardiert hat. Außerdem geht mir ihr unentwegtes Geplapper langsam echt auf die Nerven.

»Jetzt habe ich nur von mir geredet«, sagt sie, als hätte sie meine Gedanken erraten. »Erzähl doch mal. Wie ist es dir in all den Jahren ergangen?« Sie zieht fröstelnd die Schultern hoch. »Ich habe so oft an dich denken müssen, nachdem das mit dir und –«

Sie lässt den Satz in der Luft hängen, sieht mich von der Seite an. Das Lächeln auf ihrem Gesicht ist wie weggewischt, hat einem betretenen Ausdruck Platz gemacht. Aber ich registriere sehr wohl das Funkeln der Neugier in ihren Augen. Etwas in mir verhärtet. Ihr Interesse gilt nicht wirklich mir, sondern lediglich meiner spektakulären Geschichte.

Das Rumpeln des einfahrenden Zuges erspart mir die Antwort. Toni hakt zum Glück nicht nach. In der Bahn tauschen wir unsere Telefonnummern aus. Sie gibt mir ihre Festnetznummer.

»Ich habe mein Handy gerade geschrottet«, sagt sie mit einem lapidaren Schulterzucken. »Es dauert noch ein paar Tage, bis ich ein neues bekomme.«

Ich verspreche, mich bei ihr zu melden, und ärgere mich im selben Atemzug, dass ich mich – aus welchem Grund auch immer – dazu genötigt gefühlt habe. Außer unserer gemeinsamen Schulzeit verbindet uns einfach nichts. Sie ist mir nicht unsympathisch, aber ich glaube dennoch nicht, dass wir viel miteinander anfangen könnten.

»Hast du noch Kontakt zu den anderen aus der Klasse?«, fragt sie, bevor sie am Alexanderplatz aussteigt.

Ich schüttle stumm den Kopf. Als ich nach dem Unfall aus dem Krankenhaus entlassen wurde, konnte ich mir eine Rückkehr in meine alte Schule beim besten Willen nicht vorstellen. Allein der Gedanke, den neugierigen und mitleidigen

Blicken meiner Mitschüler ausgesetzt zu sein, hatte mir schlaflose Nächte bereitet. Und für die Ausbildung zur Buchhändlerin, die ich dann später gemacht habe, brauchte ich kein Abi.

Toni nickt wissend, Mitleid verwässert ihren Blick. Sie haucht mir einen Kuss auf die Wange und stemmt sich umständlich vom Sitz hoch. »Bis bald. Ich freue mich schon.«

»Ja, ich mich auch«, antworte ich mechanisch.

Vom Bahnsteig aus winkt sie mir noch mal zu. Auf dem Gesicht ihr Standardlächeln. Ich winke zurück und komme mir vor wie eine Heuchlerin.

3

»Haben Sie auch Thriller?«

Die Kundin, die vor mir steht und unter ihrem schnurgerade geschnittenen Pony erwartungsvoll zu mir aufschaut, schätze ich auf höchstens sechzehn.

»Ja«, sage ich gedehnt.

»Er darf ruhig blutig und brutal sein«, fügt sie eifrig hinzu. »Können Sie mir da was empfehlen?«

Empfehlen kann ich nichts, nur verkaufen. Das sage ich aber nicht, das denke ich nur. Wer wie ich solche Brutalität in der Realität erfahren hat, wird wahrscheinlich nie begreifen, warum Menschen derart blutrünstige Geschichten so gern lesen.

»Kommen Sie mit.« Ich führe das Mädchen zu unserer Krimi- und Thrillerecke. Zielsicher ziehe ich einige Bücher aus dem Regal. »Da ist sicher etwas für Sie dabei«, sage ich. »Lesen Sie einfach mal rein.«

»Danke«, sagt sie und verzieht sich mit dem kleinen Stapel auf unser Sofa in der hinteren Ladenecke.

Mutter verabschiedet gerade die alte Frau Wiener, eine unserer wenigen treuen Stammkunden, und hält ihr die Tür auf. Ich beginne damit, ein paar Bücher, die herumliegen, wieder in die Regale einzusortieren.

»Warum willst du dich denn nicht mit ihr treffen?«, fragt Mutter hinter meinem Rücken.

Ich stöhne innerlich auf. Warum habe ich ihr bloß von der Begegnung mit Toni erzählt? Mir hätte doch klar sein müssen, dass sie daraufhin die bekannte Leier abspulen wird. Und schon legt sie los.

»Kind, du musst endlich wieder unter Leute. Du hast dich schon viel zu lange von allen abgekapselt. Das tut dir auf Dauer nicht gut. Der Mensch braucht Gesellschaft, Ansprache, Bestätigung. Wir sind nun mal nicht dafür geschaffen, unser Leben allein zu verbringen. Einsamkeit macht nicht nur sonderbar, sie macht auch krank.«

Ich lasse sie reden, achte kaum auf die Worte, es sind sowieso immer die gleichen.

Natürlich meint sie es gut, und sie hat ja auch irgendwie recht. Ich bin in den letzten Jahren zu einer Art Einsiedlerin geworden. Wenn die Buchhandlung, Mutter und Robert nicht wären, käme ich nie unter Menschen. Aber ausgerechnet Toni. Worüber soll ich mich mit ihr denn unterhalten? Kinder habe ich keine und eine Beziehung auch nicht. Ich kann mir einfach nicht vorstellen, dass Toni und ich einen Draht zueinander finden.

Mit dem Zeigefinger schiebe ich ein aus der Reihe tanzendes Buch zurück. Die Thrillerkundin hat sich offenbar festgelesen. Ihre Augen kleben wie gebannt auf den Buchseiten.

Mutter platziert einen Stapel Taschenbücher direkt neben der Kasse. Mir fällt erst jetzt auf, wie blass sie ist. Ihre Augen sind rot umrändert, als hätte sie geweint. Dunkle, bläulich schimmernde Schatten liegen darunter, scharfe Falten haben sich in ihr Gesicht eingegraben.

»Alles in Ordnung mit dir, Mama? Du siehst müde aus.«

Mit einem Laut, der wie ein Schnauben klingt, reibt sie sich mit den Händen das Gesicht. »Das bin ich auch. Robert und ich haben die halbe Nacht diskutiert.«

»Du meinst, ihr habt euch wieder bis aufs Messer gestritten.«

Sie schickt ein schiefes Lächeln zu mir rüber und hebt in einer resigniert wirkenden Bewegung die Schultern. »Jetzt übertreib mal nicht.«

Ich ziehe die Augenbrauen hoch.

»Ja, wir haben uns gestritten«, gibt sie zu. »Aber bereits wieder versöhnt.«

Robert ist der Lebensgefährte meiner Mutter. Er leidet unter krankhafter Eifersucht und macht ihr das Leben mit seiner Paranoia zur Hölle. Ich verstehe nicht, was sie an ihm findet. Manchmal frage ich mich, ob er etwas über sie weiß. Ein dunkles Geheimnis kennt oder so. Irgendetwas, das Mutter an ihn kettet. Obwohl ich mir das eigentlich nicht vorstellen kann. Sie gehört nicht zu den Menschen, die etwas zu verbergen haben. Wahrscheinlich bleibt sie nur bei ihm, weil ihm das Haus gehört, in dem die Buchhandlung untergebracht ist. Robert hat ihr den Laden zu einem Spottpreis vermietet, sonst hätten wir schon längst dichtmachen müssen. Und das würde meiner Mutter mit Sicherheit das Herz brechen.

»Du solltest dich endlich von Robert trennen. Oder hast du Angst, dass er dann die Miete drastisch erhöht?«

»Nein, nein. Das ist es nicht«, behauptet sie schnell.

Zu schnell, wie ich finde.

Sie weicht meinem Blick aus und streicht eine widerspenstige Haarsträhne hinters Ohr. »Das verstehst du nicht. Robert war mir in all den Jahren eine große Stütze. So etwas wirft man nicht einfach weg. Und er liebt mich wirklich, auch wenn du es nicht wahrhaben willst.«

»Warum seid ihr dann nie zusammengezogen?«

Die Klingel der Ladentür schellt mitten in meine Frage hinein. Mutter wendet sich ab und begrüßt den Kunden.

Meine Mutter ist wie alle verständnisvollen Menschen äußerst harmoniebedürftig. Sie versucht, in jedem den guten Kern zu sehen. Meistens findet sie ihn auch. Mir hat sie dieses philanthropische Gen leider nicht vererbt. Ich bin da wohl eher nach meinem Vater geraten, den ich allerdings nie kennengelernt habe. Ich weiß nur, dass er unter Depressionen litt und sich kurz vor meiner Geburt das Leben genommen hat. Mutter spricht nicht gern über ihn. Ich hatte irgendwann sogar den Verdacht, dass er gar nicht tot ist, sondern sich klammheimlich aus dem Staub gemacht hat.

Als kleines Mädchen habe ich mir oft vorgestellt, dass er eines Tages auftauchen und mich mit sich nehmen würde. Ich träumte davon, dass er all das haben würde, was Mutter und ich nicht hatten. Geld, viel Geld, sodass er mir jeden Wunsch erfüllen konnte. Natürlich besaß er auch ein tolles Haus mit einem großen Garten, und er schenkte mir einen Hund. Den ich mir damals sehnlichst wünschte, aber Mutter verweigerte ihn mir standhaft.

Bis ich dann – da war ich zwölf, dreizehn – im Keller einen zerschrammten Koffer entdeckte. Darin fand ich neben ein paar *Jerry-Cotton*-Heften, zwei defekten Feuerzeugen und einem Schweizer Taschenmesser auch eine Handvoll Fotos, die ihn zusammen mit Mutter zeigten. Sie waren sehr jung und sahen sehr glücklich aus, was mir merkwürdigerweise einen Stich versetzte.

Das Fach, das sich im Boden des Koffers versteckte, hätte ich fast übersehen. Darin fand ich die Todesanzeige. Sorgsam aus der Zeitung ausgeschnitten, das Papier vergilbt und die Schrift schon so verblasst, dass nur noch die Jahreszahl seines Todes zu lesen war. 1985. Er starb in dem Jahr, in dem ich geboren wurde. Mit einem Schlag stürzte meine schöne

Traumwelt in sich zusammen. Unter dem Zeitungsausschnitt lag etwas, das in ein schwarzes Tuch eingeschlagen war. Es war eine Pistole. Ich wagte kaum, sie anzufassen. Vorsichtig nahm ich sie schließlich doch heraus, ließ sie sofort wieder fallen, so unheimlich fand ich es, eine Waffe in den Händen zu halten. Ob mein Vater sich damit erschossen hatte? Ich habe mich nie getraut, Mutter danach zu fragen. An mich genommen habe ich die Pistole allerdings schon, aber erst viel später.

Das Klingeln des Telefons katapultiert mich aus meinem Ausflug in die Vergangenheit zurück in die Buchhandlung. Bis zum Mittag ist so viel zu tun, dass ich die Begegnung mit Toni vergesse. Umso überraschter bin ich, als sich, kurz bevor ich in die Pause gehen will, die Tür öffnet und sie den Laden betritt.

»Toni? Was für eine Überraschung«, sage ich erstaunt.

Sie lächelt, zupft sich die Wollhandschuhe von den Fingern und verstaut sie in ihren Manteltaschen. »Ich war in der Gegend und dachte, ich schau mal schnell vorbei.«

»Woher weißt du, dass ich hier arbeite?« Ich kann mich nicht erinnern, dass ich meinen Arbeitsplatz ihr gegenüber erwähnt habe. Hat sie mir etwa nachspioniert?

»Ich kann hellsehen«, behauptet sie mit einem kecken Lächeln und schaut sich neugierig im Laden um.

In diesem Augenblick erscheint Mutter mit einem Stapel Bücher aus dem Lager und zieht unsere Aufmerksamkeit auf sich.

»Mama, das ist Antonia.«

Mutter stellt den Bücherstapel ab und reicht Toni die Hand. »Schön, Sie kennenzulernen, Antonia. Meine Tochter hat mir von ihrer Begegnung heute Morgen erzählt.«

»Ja, was für ein wundervoller Zufall, nicht?« Toni wirft mir einen um Zustimmung heischenden Blick zu.

Ich ringe mir ein »Ja« ab und schiebe ein hölzern klingendes »Berlin ist echt ein Dorf« hinterher.

»Ich muss leider gleich wieder weg«, sagt Toni, Bedauern in der Stimme. »Ich wollte dich nur fragen, ob du nicht Lust hast, morgen Abend zu uns zu kommen. Das hatte ich heute Morgen ganz vergessen. Wir haben ein paar Freunde eingeladen.« Sie sieht mich erwartungsvoll an. »Eine verspätete Einweihungsparty.«

»Danke für die Einladung«, sage ich. »Ein bisschen sehr kurzfristig, mal schauen.«

»Oh, bitte«, sagt Toni. »Es kommen auch ein paar Leute von früher. Alexander habe ich auch eingeladen, aber er ist leider verhindert. Er war es übrigens, der mir verraten hat, wo du arbeitest.«

»Alexander?«, hake ich erstaunt nach.

Toni nickt. »Überleg es dir, ja?« Sie umarmt mich etwas unbeholfen, da ihr der dicke Babybauch im Weg ist. »Mittlerweile sehne ich den Tag herbei, an dem ich den kleinen Racker endlich loswerde«, seufzt sie, während sie sich von mir löst.

»Ich schließe messerscharf, es wird ein Junge«, sagt Mutter mit einem Lächeln in der Stimme. »Hat er denn schon einen Namen?«

»David und ich werden uns da einfach nicht einig.« Toni zuckt mit den Schultern und hebt in gespielter Resignation beide Hände. »Ich habe die Befürchtung, dass er erst mal Kind eins heißen wird. Wie ich mich kenne, werde ich aber vorher nachgeben und mich seinem Vorschlag beugen.« Sie lacht.

»Ich würde mich wirklich riesig freuen, wenn du kommen könntest.« Sie besteht darauf, dass ich mir ihre Adresse notiere. »So gegen acht? Du kannst natürlich gern auch später dazustoßen. Ganz wie es dir passt.«

»Ich versuch's«, murmle ich und öffne ihr die Tür.

»Auf Wiedersehen, Frau Berger«, ruft sie Mutter zu, die gerade auf die Trittleiter geklettert ist, um die Bücher aus dem Lager in die Regale einzusortieren.

Ich schließe die Tür hinter Toni und bin ehrlich gesagt froh, dass sie weg ist. Ihre geballte Ladung an Heiterkeit ist schier unerträglich. Das kann doch nicht echt sein.

»Was für eine sympathische Person.« Mutter steigt von der Leiter, postiert sich vor mir und stemmt die Fäuste in die Hüften. »Du wirst da morgen Abend hingehen. Und wenn ich dich eigenhändig hinschleppen muss. Und keine Ausrede, du hast am Samstag deinen freien Tag.«

»Ich werde darüber nachdenken«, sage ich. »Versprochen.«

Mutter verdreht die Augen und wendet sich kopfschüttelnd ab. Sie kennt mich gut genug, um zu wissen, dass es keinen Zweck hat, mich zu drängen. Damit würde sie genau das Gegenteil erreichen.

Etwas beschäftigt mich im Augenblick ohnehin viel mehr als die Frage, ob ich zu Tonis Party gehe oder nicht. Wieso weiß Alexander, wo ich arbeite? Ich habe ihn das letzte Mal gesehen, als ich schwer verletzt im Krankenhaus lag. Seitdem nie wieder. Ich wusste nicht mal, dass er noch in Berlin ist. In meinem Magen breitet sich ein flaues Gefühl aus, das sich den ganzen Tag nicht mehr auflösen will.

2003

»Corky! Hierher!« Ich schirmte die Augen gegen die Sonne ab und sah den Hund gerade noch als hellbraunen Schatten zwischen den Baumstämmen verschwinden.

»Lass ihn doch.« Erik hatte ebenfalls angehalten. »Er hat wahrscheinlich irgendein Wild gewittert. Der kommt sicher gleich wieder angehechelt.«

Ich zuckte mit den Schultern, es war ja nicht mein Hund, und stieg wieder aufs Rad. Erik trat kräftig in die Pedale, um die anderen einzuholen, die aus unserem Blickfeld verschwunden waren. Ich folgte ihm langsam. Meine Beine wurden immer schwerer. Auch mir tat der Hintern inzwischen ziemlich weh. Ich bereute es fast, mich auf diesen *Kurztrip* eingelassen zu haben. Vor allem da Paul sich mir gegenüber seit ein paar Tagen immer abweisender verhielt und ich in ständiger Panik lebte, er könnte mich abservieren.

Nach einigen Metern machte der Weg eine Biegung und wurde breiter. Der Wald lichtete sich und gab die Sicht auf einen See frei. Die Strahlen der tief stehenden Sonne brachen sich auf der spiegelglatten Wasseroberfläche und ließen sie funkeln, als wäre sie mit Diamanten übersät. Ich bremste, kam neben Erik zum Stehen und rutschte vom Sattel.

Paul drehte sich zu uns um. »Na, was sagt ihr? Hab ich euch zu viel versprochen?«

»Hast du nicht!«, rief Juli und klatschte sichtlich begeistert in die Hände.

Sie zog ihr Kleid über den Kopf und ließ es achtlos fallen. Darunter war sie bis auf einen Tangaslip, der ihren Po in zwei runde Apfelhälften teilte, nackt. Ihr Körper war nahtlos braun. Der kreisrunde schwarze Pigmentfleck in der Mitte der linken Pobacke wirkte irgendwie obszön.

»Wer kommt mit?«

Sie nahm ihre langen Haare hoch, schlang sie zu einem Knoten und rannte los, ohne eine Antwort abzuwarten. Mit einem hellen Schrei warf sie sich bäuchlings ins Wasser. Paul lehnte sein Rad gegen einen Baum, schälte sich in Windeseile aus den Klamotten und sprintete seiner Schwester hinterher.

Nur zu gern hätte ich mich auch in das kühle Nass gestürzt, aber eine unerklärliche Scheu ließ mich zögern. Meine Hände klebten verschwitzt an den Plastikgriffen des Lenkers, das rechte Pedal drückte sich schmerzhaft gegen meine Wade. Auch Erik verharrte über den Fahrradlenker gebeugt. Zwischen den Augenbrauen eine steile Falte. Ich folgte seinem Blick auf Juli und Paul, die ausgelassen wie junge Hunde im Wasser tollten und sich gegenseitig nass spritzten.

Daran wirst du dich gewöhnen müssen, lag es mir auf der Zunge. *Aber keine Angst, du wirst sowieso bald Geschichte sein.* Ich schluckte die gehässige Bemerkung schnell runter. Erik hatte sicher schon mitbekommen, dass es zwischen Paul und Juli keinen Platz für einen weiteren Menschen gab.

»Zwischen uns passt kein Blatt«, hatte Juli vor nicht allzu langer Zeit zu mir gesagt. »Wir sind wie siamesische Zwillinge. Einander auf ewig verbunden.« Und das meinte sie durchaus ernst.

»Ich baue schon mal unsere Zelte auf«, murmelte Erik und schob sein Fahrrad ein Stück weiter zu dem kleinen Wiesenstück. Ich parkte mein Rad neben den anderen und ließ den Rucksack von den Schultern gleiten. Anschließend schlüpfte ich aus Shorts und Bluse und schlenderte im Bikini hinunter zum See. Von Juli und Paul waren nur die Köpfe zu sehen, die in einiger Entfernung wie körperlos auf der Wasseroberfläche dahinglitten. Zaghaft watete ich einige Schritte in den See hinein. Das Wasser war kälter, als ich erwartet hatte. Der Boden unter meinen Füßen fühlte sich unangenehm glitschig an. Langsam bewegte ich mich vorwärts, zerteilte mit beiden Händen den glatten Wasserspiegel und sah zu, wie sich kleine Wellen von mir wegbewegten.

Das ungute Gefühl, beobachtet zu werden, überfiel mich ganz unvermittelt. Ich wandte mich um und suchte mit den Augen das Ufer ab. Erik schien mit dem Zelt beschäftigt. Corky war immer noch nicht aufgetaucht. Plötzlich vernahm ich ein Platschen hinter meinem Rücken. Bevor ich reagieren konnte, packte jemand unter Wasser meine Knöchel. Ich kreischte vor Schreck, versuchte, mich freizustrampeln. Ein Stoß gegen den Rücken, und ich landete bäuchlings im See. Jemand stürzte sich auf mich und drückte meinen Kopf unter Wasser. Ich schlug wild um mich. Doch mein Peiniger hielt mich eisern fest. Ich spürte, wie Panik in mir aufstieg, da gab er mich endlich frei. Prustend tauchte ich auf und schnappte nach Luft.

Juli und Paul schütteten sich aus vor Lachen.

»Ihr Hirnis!«, brüllte ich. »Habt ihr sie noch alle?« Ich schlug mit den Handflächen, so fest ich konnte, aufs Wasser und spritzte beide nass. Innerlich kochte ich vor Wut, aber ich machte gute Miene zum bösen Spiel. Ich wollte keinen Streit vom Zaun brechen und uns allen die Laune verderben.

»Gnade!« Paul hob schützend die Arme vors Gesicht.

»Kann mir vielleicht mal jemand helfen?«, rief Erik. Er klang genervt.

»Ihr Wunsch ist mir Befehl, Sir. Ich eile, Sir«, gab Paul gut gelaunt zurück.

Er warf zuerst seiner Schwester und dann mir einen Luftkuss zu. Mein Inneres zog sich schmerzhaft zusammen. Das Lächeln, das ich ihm schenkte, fiel mir unsagbar schwer. Doch er schien es nicht zu bemerken. Er grinste mich an, strich sich die nassen Haare aus der Stirn und watete ans Ufer.

Juli und ich folgten ihm langsam. Wir setzten uns nebeneinander auf den schmalen Sandstreifen am Wasser und ließen uns von den Strahlen der Sonne trocknen, während die Jungs sich lautstark über den Zeltaufbau stritten.

»Ist was mit dir?«, fragte Juli unvermittelt, das Gesicht der Sonne zugewandt, die Augen halb geschlossen.

»Was sollte mit mir sein?« Ich nahm eine Handvoll Sand und ließ ihn langsam zwischen den Fingern hindurchrieseln.

»Du bist so still.« Juli wandte sich mir zu. »Bist du sauer, weil Paul nun doch mitkommt?«

»Paris ist ja nicht aus der Welt«, sagte ich und zuckte betont gleichmütig mit den Schultern. Mit einem Mal war mir zum Heulen. Schnell beugte ich mich vor und ließ die langen Haare wie einen Vorhang vor mein Gesicht gleiten.

»Stimmt«, sagte Juli. »Außerdem –« Sie ließ das Wort bedeutungsschwanger in der Luft hängen.

»Außerdem was?«, fragte ich alarmiert.

»Ach, nichts weiter«, sagte sie und machte eine wegwerfende Handbewegung.

Damit war das Thema für sie erledigt. Feinfühligkeit hatte noch nie zu ihren Tugenden gezählt. Auch in dem Punkt war sie ihrem Bruder nicht unähnlich. Allerdings wusste ich auch so, was sie andeuten wollte. Paul wechselte seine Freundinnen ständig. Bei mir würde er da keine Ausnahme machen.

Wahrscheinlich stand ich schon längst auf der Abschussliste. Meine Kehle wurde eng.

»Wo steckt eigentlich der Hund?« Juli sprang vom Boden hoch und blickte sich suchend um. Anscheinend fiel ihr erst jetzt auf, dass er verschwunden war.

»Corky!« Sie formte die Hände zu einem Trichter. »Hierher, Corky.«

Ich stand auf, wischte mir mit beiden Händen den Sand vom Hintern. In dem Augenblick entdeckte ich die fremden Jungs. Sie standen in einiger Entfernung zwischen den Bäumen und starrten zu uns rüber. Ich stieß Juli an.

»Schau mal«, sagte ich und nickte mit dem Kopf in Richtung der beiden. »Wir werden beobachtet.«

4

Je näher ich dem Haus in der Skalitzer Straße komme, desto unschlüssiger werde ich. Trotz des beißenden Windes und der Kälte, die mir schon nach wenigen Schritten unter die Schichten meiner Kleidung gekrochen ist, fange ich an zu trödeln. Am liebsten würde ich auf der Stelle kehrtmachen und mich zurück in meine kleine, kuschelig warme Wohnung flüchten. Ich stopfe die Hände in die Taschen der Daunenjacke und zwinge mich dazu, weiterzugehen. Mutter hat recht. Ich muss endlich wieder am Leben teilnehmen, neue Bekanntschaften schließen, alte auffrischen, Freunde finden. Ich muss mich von der Vergangenheit lösen, einen dicken Schlussstrich ziehen, sonst kann ich mich gleich begraben. Neulich habe ich irgendwo den schönen Satz gelesen: *Ich muss meinen Tagen wieder mehr Leben geben.* Ich beschließe spontan, das zu meinem neuen Motto zu machen. Vielleicht schaffe ich es dann endlich, die Geister dorthin zu verbannen, wo sie hingehören: in das Dunkel der Vergessenheit.

Die Gewissheit, dass mir das nie gelingen wird, schleicht sich in meine Gedanken und macht das gerade aufgeflackerte positive Gefühl mit einem Schlag zunichte.

Ich seufze, grabe meine Zähne in die Unterlippe und stapfe weiter. Auf der Hochbahntrasse rumpelt mit hell erleuchteten

Fenstern die gelbe U-Bahn-Raupe vorbei. Die Scheinwerfer der Autos malen Lichtstreifen auf die vor Nässe glänzende Straße. In der Abendschau haben sie angekündigt, dass die Temperaturen heute Nacht unter null Grad fallen und mit gefährlicher Glätte zu rechnen sei. Ich könnte ausrutschen und mir ein Bein brechen. Wieder muss ich den Impuls umzukehren mit aller Macht unterdrücken. Ich wünsche mir ja schon jemanden an meiner Seite. Einen festen Partner, mit dem ich reden und lachen kann. Einen Mann, der mich nimmt, wie ich bin, der mich mit all meinen Macken und Ängsten liebt. Den finde ich ganz sicher nicht bei mir zu Hause.

Toni wohnt nur wenige hundert Meter vom Schlesischen Tor entfernt. Ich bleibe vor dem Haus stehen, lasse meinen Blick die schmucklose Fassade hochwandern. Bis auf wenige Ausnahmen flimmert hinter allen Fenstern das kalte blaue Licht der Fernseher. Im unteren Bereich ist die Hauswand mit Graffiti beschmiert. Auf die Eingangstür hat jemand ein türkisfarbenes Meer mit einem goldfarbenen Strand unter einem tiefblauen Himmel gesprüht. Rechts und links zwei Palmen, deren grünes Blattwerk weit über den Türrahmen hinauswächst.

»Guten Abend, Michaela. Was für eine nette Überraschung.«

Ich bin so versunken in die Betrachtung, dass ich zusammenzucke, als ich angesprochen werde. Unwillkürlich stoße ich einen Schrecklaut aus und spüre, wie mir die Röte heiß ins Gesicht schießt. Täusche ich mich oder ist er es wirklich? Langsam wende ich mich um.

»Oh, entschuldige bitte.« Er grinst mich an. »Ich wollte dich nicht erschrecken.«

»Hallo, Alexander«, sage ich.

Sein Anblick ist ein kleiner Schock. Obwohl fünfzehn Jahre seit unserem letzten Treffen vergangen sind, hat er sich kaum verändert. Er ist Erik wie aus dem Gesicht geschnitten. Er lächelt das gleiche verlegen schiefe Lächeln, das seine Augen leuchten lässt und einen sofort für ihn einnimmt. Wie Erik hat er rotes Haar und unzählige Sommersprossen. Die etwas zu groß geratene Nase und der geschwungene Mund machen aus ihm keinen schönen, aber einen durchaus attraktiven Mann.

»Du hast mich nicht erschreckt«, versichere ich schnell und zwinge mich zu einem Lächeln. »Ich bin nur überrascht, dich hier zu sehen. Toni meinte, du wärst leider verhindert.«

Hätte ich geahnt, dass er kommt, wäre ich auf jeden Fall zu Hause geblieben.

»Ich hatte ihr auch abgesagt, aber mein Termin wurde kurzfristig verschoben.«

»Verstehe.« Ich zeige auf das Klingelbrett. »Weißt du, wie Toni jetzt mit Nachnamen heißt?«, frage ich betont leichthin.

»Nein, keinen Schimmer«, sagt er. »Habe ich Depp natürlich vergessen zu fragen.« Er zwinkert mir zu und ich entspanne mich etwas.

Gemeinsam studieren wir die Namensschilder. Unsere Köpfe sind so dicht beieinander, dass sie sich fast berühren. Der herbe Duft seines Rasierwassers steigt mir in die Nase. Es riecht nicht unangenehm. Ich rücke dennoch ein kleines Stück von ihm ab.

»Hier«, sagt er und drückt auf einen Klingelknopf. Auf dem Schild daneben lese ich *A. + D. Wilhelmsen*. »Das müssten sie sein.«

Kurz darauf tönt ein fröhliches »Immer herein« aus der Gegensprechanlage, gleichzeitig summt der Türöffner. Alexander stemmt sich gegen die Eingangstür, sie öffnet sich mit einem leisen Schnarren. Er lässt mir mit einer übertrieben höflichen Geste den Vortritt, ich danke ihm in einer spontanen Regung mit einem angedeuteten Knicks und komme mir im selben Moment bescheuert vor. Was hat mich denn da gerade geritten? Schnell drehe ich Alexander den Rücken zu und betätige den Lichtschalter.

In stillem Einvernehmen gehen wir an dem Fahrstuhl vorbei und stapfen schweigend die Stufen hoch. Im Treppenhaus ist es unnatürlich still. Die Luft ist abgestanden, riecht ranzig. Man könnte fast meinen, das Haus sei unbewohnt. Der Kinderwagen, der im zweiten Stock neben der Wohnungstür abgestellt ist, und das wie auf Kommando einsetzende Babygeschrei zeugen vom Gegenteil.

Eine wie üblich strahlende Toni erwartet uns in der offenen Tür im dritten Stock. Ihre Wangen sind gerötet, ihre Augen glänzen. Sie scheint zu den Frauen zu gehören, denen eine Schwangerschaft außerordentlich gut bekommt. Sie sieht aus wie das blühende Leben. Aus dem Wohnungsinneren dringt leise Musik. Irgendwas Jazziges.

Mit einem erfreuten »Das wär doch nicht nötig gewesen« nimmt sie Alexanders kleinen Blumenstrauß entgegen. Ich hätte ihr ein Buch als Gastgeschenk mitbringen können, denke ich beschämt.

»Wie schön, dass ihr gekommen seid.«

Unsere Gastgeberin streicht sich eine Locke aus dem erhitzten Gesicht, küsst erst mich, dann Alexander auf beide Wangen, gerade so, als wären wir ihre besten Freunde. Mir ist das jetzt schon zu viel. Ich gebe mir eine Stunde, dann verschwinde ich wieder.

Mollige Wärme empfängt uns in der Wohnung. Der Geruch nach Gebratenem und Knoblauch steigt mir in die Nase. Wir hängen unsere Mäntel an die noch fast leere Garderobe und folgen Toni ins Wohnzimmer.

Ein mir unbekanntes Pärchen sitzt auf dem schwarzen Ledersofa und hält Händchen. Die Frau ist ebenfalls hochschwanger. Ich fühle mich augenblicklich komplett fehl am Platz. Bestimmt sind die meisten der eingeladenen Frauen schwanger. Toni stellt mir die beiden als Bekannte aus der

Geburtsvorbereitungsgruppe vor und nennt zwei Namen, die ich Sekunden später bereits wieder vergessen habe.

Den etwas dicklichen Mann mit beginnender Glatze und ungesund teigiger Gesichtsfarbe, der an der Fensterbank lehnt, nehme ich erst wahr, als Toni sagt: »Hartmut muss ich dir wohl nicht vorstellen. Ihr kennt euch ja von früher.«

Ich habe nicht den blassesten Schimmer, woher ich den Mann kennen sollte. Gemeinsamer Kurs in der Schule? Tanzstunde?

»Schön, dich nach so langer Zeit mal wieder zu treffen«, sagt er und streckt mir eine Hand entgegen.

Ich drücke sie und quäle mir ein Lächeln ab. Hartmuts Hand fühlt sich weich und feucht an wie ein Schwamm. Verstohlen wische ich die Handfläche an meiner Hose trocken. Ich bin mir ziemlich sicher, dass er sich auch nicht an mich erinnert. Sonst würde er nicht so unbefangen reagieren. Jedem, der mich von früher kennt, ist meine Geschichte geläufig. Es stand damals in allen Zeitungen. Sogar im Fernsehen wurde darüber berichtet. Ich war so was wie ein Kurzzeitstar. Ein zweifelhafter Ruhm, auf den ich liebend gern verzichtet hätte.

»David lässt sich entschuldigen.« Tonis Lächeln wirkt plötzlich gezwungen. »Er hat noch im Büro zu tun und kommt etwas später.«

Ich setze mich in einen der beiden Sessel mit buntem Blümchenmuster und sehe mich in dem Zimmer um. Kühles Metall im Wechsel mit dunklem antikem Holz. Plüsch kombiniert mit Leder. Ungewöhnlich, diese Stilbrüche. Aber es hat was. Kindgerecht scheint mir die Möblierung allerdings nicht zu sein.

»Sehr apart, eure Einrichtung«, spricht Alexander meine Gedanken aus und nimmt im zweiten Sessel Platz.

Toni setzt zu einer Antwort an, da klingelt es an der Tür. »Wein, Sekt und so findet ihr in der Küche. Kaltes Bier in der Badewanne«, informiert sie uns etwas atemlos und eilt davon.

Ich spüre Alexanders Blicke auf mir ruhen und fühle mich immer unbehaglicher. Wie verhalte ich mich, wenn er das Gespräch auf Erik und die anderen bringt? Wenn er wissen will, warum ich damals nichts mehr mit ihm zu tun haben wollte?

Dann stehst du auf und gehst. Es kann dir egal sein, was er von dir denkt.

Doch Alexander hüllt sich in Schweigen, was auch nicht unbedingt dazu beiträgt, dass ich etwas entspannter werde. Immer mehr Gäste trudeln ein. Mittlerweile sind alle Sitzplätze belegt, in den Ecken haben sich kleine Grüppchen gebildet, die sich angeregt unterhalten.

»Stehen dir übrigens ausgesprochen gut, die kurzen Haare«, sagt Alexander unvermittelt.

Ich schaue ihn an. In seinen Augen glitzert es amüsiert. Macht er sich über mich lustig?

Ich verziehe den Mund zu so etwas wie einem Lächeln und bringe ein »Danke« heraus.

Er stemmt sich aus dem Sessel hoch. »Dann hole ich mir mal ein Bier. Auch eins oder lieber was anderes?«

»Für mich bitte ein Wasser ohne Kohlensäure«, antworte ich, um mich gleich darauf zu korrigieren. »Nein, bring mir auch ein Bier mit.«

Normalerweise trinke ich so gut wie nie, höchstens mal einen Sekt zum Anstoßen an Silvester oder zu Geburtstagen. Aber ich bin so verkrampft, dass sich hinter meinen Schläfen bereits ein Kopfschmerz in Stellung gebracht hat. Vielleicht macht mich der Alkohol ja etwas lockerer.

Ich schaue Alexander nach, wie er, beide Hände in den Hosentaschen, durch den Raum geht. Mir fällt auf, dass ihm einige begehrliche Frauenblicke folgen, und ich frage mich, ob er liiert ist. Wahrscheinlich nicht, sonst wäre er sicher nicht allein hier aufgekreuzt. Allerdings kann mir das gleichgültig sein. Nach heute Abend sehen wir uns ohnehin nicht mehr wieder.

Alexander ist Eriks jüngerer Bruder. Er tauchte irgendwann mit einem Blumenstrauß bei mir im Krankenhaus auf und wollte über die Geschehnisse am See reden. Am liebsten hätte ich ihn gleich wieder weggeschickt. Ich wollte nicht darüber sprechen und mit ihm schon gar nicht. Aber in seiner grenzenlosen Trauer tat er mir irgendwie leid. Er schien seinen Bruder sehr geliebt zu haben. Allerdings konnte ich ihm auch nicht wirklich viel erzählen. Meine Erinnerungen waren lückenhaft, *retrograde Amnesie* lautete die Diagnose der behandelnden Ärzte. Alexander kam trotzdem wieder. Fast täglich. Er ließ nicht locker, bedrängte mich zusehends, fragte ständig nach, ob ich jetzt endlich wüsste, was genau am See passiert war. Einmal warf er mir sogar vor, ich würde mich gegen die Erinnerung sperren. Wenn ich gekonnt hätte, hätte ich ihn eigenhändig aus dem Zimmer geworfen. Aber ich war noch zu schwach und ans Bett gefesselt. Ich fühlte mich Alexander und seinen bohrenden Fragen hilflos ausgeliefert. Dazu kam, dass ich es bald nicht mehr ertrug, ihn anzuschauen. Ich hatte dann jedes Mal Erik vor mir, wie er blutüberströmt im Zelt lag. Irgendwann verlor ich die Beherrschung. Ich schrie ihn an, er solle mich endlich in Ruhe lassen. Regelrecht hysterisch wurde ich, konnte gar nicht mehr aufhören zu schreien. Eine Krankenschwester kam ins Zimmer gestürzt, erfasste die Situation mit einem Blick und führte meinen Besucher hinaus. Mutter sorgte dann wohl dafür, dass er nicht mehr kam. Keine Ahnung, wie sie das geschafft hatte. Es war mir auch egal. Hauptsache, die Besuche hörten auf. Seitdem habe ich Alexander nicht mehr gesehen, aber dennoch oft an ihn denken müssen.

Schallendes Gelächter katapultiert mich aus der Vergangenheit zurück in die Gegenwart. Jemand dreht die Anlage lauter. Die Bässe wummern. Ich lasse meinen Blick schweifen. Die ersten Raucher belagern mit hochgezogenen Schultern den Balkon, atmen Wolken in die Kälte. Niemand von den Leuten hier kommt mir auch nur annähernd bekannt vor.

Alexander taucht mit zwei vor Kälte beschlagenen Flaschen Bier auf, reicht mir eine und nimmt neben mir auf der Sessellehne Platz. Seinen Sitzplatz hat eine dunkelhaarige Schönheit à la Penélope Cruz belegt. Wir trinken schweigend.

Toni erscheint im Türrahmen, klatscht in die Hände. »Das Büfett in der Küche ist hiermit eröffnet«, ruft sie.

Schlagartig leert sich das Wohnzimmer. Nur Alexander und ich bleiben zurück. Ich bin mir seiner Nähe plötzlich so bewusst, dass ich mich immer unwohler in meiner Haut fühle. Ich würde gern etwas sagen, etwas Lockeres, Unverbindliches, aber mir fällt beim besten Willen nichts ein. Schnell nehme ich einen großen Schluck aus der Flasche. Ob es Alexander genauso geht?

»Wir haben uns lange nicht gesehen«, sagt er in meine Gedanken hinein. »Wie geht es dir?«

»Ganz okay. Und dir?«

»Auch ganz okay.«

Die Unterhaltung stockt. Unvermittelt schießt mir etwas durch den Kopf und ich spreche die Worte aus, ohne nachzudenken.

»Woher wusstest du eigentlich, wo ich arbeite?«

Die Frage trifft ihn unvorbereitet, das sehe ich ihm an. Er kratzt sich ausgiebig am Kopf und lacht verlegen.

»Ich bin bei der Polizei«, sagt er schließlich. »Da findet man so etwas ganz problemlos heraus.«

»Aber warum –«

»Einfach so«, fällt er mir ins Wort. »Aus keinem bestimmten Grund. Mich«, er zuckt mit den Schultern, »lässt diese schreckliche Geschichte von damals nicht los. Und da wollte ich mal schauen, ob du noch in Berlin lebst und was du so treibst.«

»Verstehe«, sage ich. Doch so ganz kaufe ich ihm diese Erklärung nicht ab. Er hat mit der Antwort einen Tick zu lange gezögert.

Wir unterhalten uns noch eine ganze Weile miteinander. Erstaunlicherweise weicht meine Befangenheit und das Gespräch wird immer ungezwungener. Was möglicherweise auch an dem zweiten Bier liegt, das Alexander mir ungefragt mitgebracht hat. Als es im Wohnzimmer zu voll wird und man sein eigenes Wort kaum noch versteht, wechseln wir in die Küche. Wir lachen über das fast vollständig geplünderte Büfett und füllen unsere Teller mit den Resten. Alexander erzählt von seiner Arbeit bei der Kripo. Ich gebe Anekdoten aus meinem Buchhändleralltag zum Besten. Um unsere gemeinsame Vergangenheit machen wir beide einen großen Bogen.

Irgendwann stelle ich verwundert fest, wie sehr ich Alexanders Nähe genieße. Aus dem aufdringlichen Jungen, der mich im Krankenhaus ohne Rücksicht auf meinen Gesundheitszustand mit Fragen gelöchert hat, ist ein charmanter Mann geworden. Er kann nicht nur zuhören, er zeigt auch echtes Interesse an meiner Person. Und er hat Humor. Ich fühle mich ausgesprochen wohl in seiner Gegenwart. Ihm scheint es ähnlich zu gehen. Er weicht jedenfalls den ganzen Abend über kaum von meiner Seite.

Das Glücksgefühl, das ganz unerwartet in einer warmen Woge in mir hochsteigt, ist mir so fremd, dass es mir sofort Angst macht. Ich sollte jetzt besser gehen. Es ist schon nach zwölf. So lange war ich seit Ewigkeiten nicht mehr unterwegs. Außerdem fühle ich mich etwas betrunken von dem ungewohnten Alkohol. Bestimmt war ich Alexander gegenüber viel zu redselig und habe mehr von mir preisgegeben, als gut für mich ist.

»Ich glaube, ich werde mich dann mal langsam auf den Heimweg machen«, sage ich.

Ich stelle die leer getrunkene Bierflasche weg und halte Ausschau nach Toni, um mich von ihr zu verabschieden, kann sie aber nirgendwo entdecken. Ich werde sie morgen anrufen, mich noch mal für die Einladung bedanken und ihr sagen, wie gut es mir auf der Party gefallen hat.

»Ich begleite dich ein Stück«, sagt Alexander, der mir ins Wohnzimmer gefolgt ist.

»Musst du nicht«, sage ich schnell. »Ich wohne quasi um die Ecke.«

»Ich will zur Warschauer«, sagt er. »Das ist doch deine Richtung, oder?«

Sieh an, er weiß sogar, wo ich wohne. Oder habe ich ihm das erzählt, nachdem er mir gesagt hat, dass er erst vor Kurzem in das Haus seiner verstorbenen Eltern in Frohnau gezogen ist? Möglich, aber sicher bin ich mir nicht. Es wird wirklich höchste Zeit, dass ich nach Hause komme, durcheinander wie ich bin.

»Ja, natürlich. Da muss ich auch lang«, sage ich.

Wir durchwühlen die Garderobe nach unseren Jacken und verlassen die Wohnung. Die Party ist noch in vollem Gang. Musik und Gelächter begleiten uns durch das Treppenhaus. Wir sind eine halbe Etage vom Parterre entfernt, da wird es mit einem Schlag stockdunkel. Ich komme ins Straucheln, stoße einen Schrei aus und klammere mich mit einer Hand am Geländer fest.

Ein Gefühl der Orientierungslosigkeit überfällt mich, als würde ich in einem schwarzen, schwerelosen Raum schweben. Panik steigt in mir hoch. Wo ist Alexander? Ich sehe ihn nicht mehr. Warum sagt er nichts? Ich öffne den Mund, will nach ihm rufen, da vernehme ich plötzlich Schritte. Gedämpftes

Sprechen. Eine Männerstimme. Die Schritte kommen näher. Das Flüstern wird eindringlicher, kriecht in mein Ohr. Ein grauer Schatten löst sich aus dem Schwarz der Dunkelheit.

»Maike-Schätzchen«, wispert die Gestalt mit samtweicher Stimme und wiederholt es gleich noch: »Maike-Schätzchen.«

Der Rest des Satzes geht im Rauschen des Blutes in meinen Ohren unter. Mir bricht aus allen Poren der Schweiß aus. Schlagartig wird mir schlecht. Vor meinen Augen flimmert es. Der Boden unter meinen Füßen beginnt zu wanken, kippt schließlich weg.

Ich schreie.

5

»Alles in Ordnung mit dir?«

Alexanders Frage dringt wie aus weiter Ferne an mein Ohr. Ich öffne die Augen, blinzle ins Licht. Er steht unten am Treppenaufgang und sieht zu mir hoch. Eine steile Falte zwischen den Augenbrauen.

»Das Licht ist ausgegangen«, sagt er. »Und dann hast du plötzlich laut geschrien.«

»Entschuldige.« Ich klinge etwas zittrig. »Im Dunkeln werde ich schnell panisch.«

Er nickt wissend. »Die Angst wird dich wohl dein Leben lang begleiten«, sagt er leise. Ich höre den mitleidigen Unterton in seiner Stimme und Ärger regt sich in mir.

»Danke«, sage ich schroffer als beabsichtigt. »Genau den Satz wollte ich jetzt von dir hören.«

»Sorry.« Alexander zögert, als wolle er noch etwas sagen. Doch dann wendet er sich ab und geht zügig weiter. Ich folge ihm.

Es hat Jahre gedauert, bis ich mich aus dem Haus gewagt habe. Und erst nachdem Robert mich in seinen Schützenverein mitgenommen und mir das Schießen beigebracht hatte, traute ich mich, mit Vaters Waffe in der Handtasche, nach und nach auch nachts wieder allein auf die Straße. Ich habe keine Ahnung, ob ich im Notfall Gebrauch von der Pistole machen würde. Wahrscheinlich nicht, aber sie verleiht mir ein Gefühl der Sicherheit. Das schützt mich allerdings nicht vor gelegentlichen Panikattacken, verbunden mit Halluzinationen. Zum Glück sind diese Anfälle in den letzten Jahren immer seltener geworden. Ganz verschwunden sind sie leider immer noch nicht. Mit Schaudern denke ich an den Besuch auf dem Weihnachtsmarkt und meine überstürzte Flucht.

»War außer uns beiden gerade noch jemand im Treppenhaus?«, frage ich betont beiläufig.

Ich rechne mit einem Nein, aber er sagt ohne ein Zögern: »Ja. Ein Mann. Warum fragst du?«

»Ich hatte Schritte gehört.« Die Aufregung kocht in einer heißen Woge in mir hoch. »Was hat der Mann denn gesagt?«

Alexander bleibt stehen und dreht sich zu mir um. »Warum willst du das wissen?«, fragt er sichtlich irritiert.

»Die Stimme kam mir irgendwie bekannt vor«, sage ich so leichthin, wie es mir möglich ist.

Es ist ihm anzusehen, dass er mir meine Erklärung nicht so ganz abkauft.

»Der Mann hatte, glaube ich, ein Handy am Ohr«, sagt er. »Kann sein, dass er was gesagt hat, ich habe nicht drauf geachtet. Er ist hier in den Aufzug gestiegen.« Er deutet auf eine graue Metalltür.

»Ist auch nicht so wichtig«, wiegele ich ab. Selbst wenn der Mann etwas gesagt hat, war es mit Sicherheit nicht das, was ich zu hören glaubte. Ich hätte nicht nachfragen sollen. Das war unüberlegt von mir.

Alexander sieht mich forschend an. Vermutlich erwartet er eine ergänzende Erklärung. Die kann ich ihm nicht liefern. Eher würde ich mir die Zunge abbeißen, als zuzugeben, dass ich manchmal Stimmen höre. Also dränge ich mich schnell an ihm vorbei und stapfe die Stufen zum Ausgang hinunter.

Ein eisiger Wind bläst uns entgegen, als wir auf die Straße treten. Unwillkürlich schaudere ich. Die geparkten Autos sind mit einer dünnen Eiskruste überzogen. Es ist ziemlich glatt auf dem Bürgersteig. Mit gesenktem Kopf und hochgezogenen Schultern tripple ich neben Alexander Richtung Schlesisches Tor. Von der Seite werfe ich ihm einen verstohlenen Blick zu. Er hat die Hände in den Manteltaschen vergraben, sein Blick ist geradeaus gerichtet, er wirkt plötzlich sehr unnahbar.

»Ich begleite dich noch bis zur Haustür«, sagt er unvermittelt.

Ich will protestieren, es sind wirklich nur fünf Minuten Fußweg bis zu mir. Die Straßen sind trotz der späten Stunde und der winterlichen Temperaturen noch recht belebt. Was den unzähligen Klubs zu verdanken ist, die in den letzten Jahren in Kreuzberg wie Pilze aus der Erde geschossen sind. Angst muss ich also wirklich keine haben. Aber dann nehme ich sein Angebot doch an. Irgendwie fände ich es schade, wenn der nette Abend ein so jähes Ende nehmen würde.

Den Weg zu mir legen wir wiederum schweigend zurück. Als hätten wir unseren gesamten Gesprächsstoff auf der Party restlos aufgebraucht.

»Hier ist es.« Ich bleibe vor dem Haus stehen und krame in der Innentasche meiner Jacke nach dem Schlüssel.

»Schöne Gegend«, sagt Alexander und lässt seinen Blick schweifen. »Direkt am Kanal. Und so ruhig.«

»Ja«, sage ich und atme eine Wolke aus. »Wenn man bedenkt, dass ein paar Straßen weiter der Bär steppt«, füge ich hinzu, in dem Bemühen, witzig zu sein.

»Na, dann«, sagt er und reibt sich die vor Kälte geröteten Hände.

»Danke noch mal fürs Bringen.«

»Nicht dafür«, sagt er. »Gute Nacht. Träum was Schönes.«

»Das wünsche ich dir auch«, sage ich.

Er nickt mir zu und wendet sich zum Gehen. Verwundert registriere ich, dass mich seine Reaktion enttäuscht. Was hatte ich denn erwartet? Dass er mich zum Abschluss küsst und um ein Date bittet?

Nach zwei Schritten verharrt er in der Bewegung und dreht sich zu mir um.

»War das mit dem Besuchsverbot damals eigentlich deine Idee?«

Seine Frage kommt so unerwartet, dass ich ins Stottern gerate. »Was … ich meine … es ist schon so lange her.« Hilflos zucke ich mit den Schultern.

»Lass gut sein.« Er winkt ab. »Ist auch nicht mehr wichtig«, sagt er und geht davon.

Ich sehe ihm nach. Irgendetwas in mir drängt, ihm nachzulaufen, ihm zu sagen –. Ja? Was soll ich ihm denn sagen? Dass es mir leidtut? Jetzt würde es sogar stimmen. Der heutige Abend hat mir einen veränderten Alexander präsentiert, der mir vielleicht sogar mehr als sympathisch ist. Aber damals war ich ungemein erleichtert, dass mir weitere Besuche von ihm erspart blieben.

Ich schließe die Haustür auf und tappe die Stufen zu meiner Wohnung hoch. Mit einem Mal fühle ich mich niedergeschlagen, regelrecht deprimiert, und weiß gar nicht so recht warum.

Rasch drücke ich die Wohnungstür hinter mir zu und lehne mich mit dem Rücken dagegen. Der schmale Flur liegt im Dunkeln. Ein Hauch von dem Parfüm, das ich für die Party aufgetragen habe, hängt noch in der Luft. Trostlosigkeit umfängt mich, spannt wie ein eng gewordener Mantel um meinen Brustkorb. Eine tiefe Traurigkeit ergreift Besitz von mir. Gerade so, als hätte sich ein geliebter Mensch für immer von mir verabschiedet. In meinen Augen brennen Tränen.

Was ist denn bloß los mit mir? Es ist doch eigentlich gar nichts passiert. Es war ein unverhofft netter Abend. Nicht mehr und nicht weniger. Trotzdem scheint mich die Begegnung mit Alexander ziemlich aus dem Gleichgewicht gebracht zu haben. Es ist sicher besser, wenn wir uns nicht mehr sehen.

Allmählich gewöhnen sich meine Augen an die Dunkelheit und die Konturen der Wohnung werden sichtbar. Rechts die Garderobe, links die Tür zum Bad und ganz hinten die zur Küche.

Sie ist dort. Ich spüre ihre Anwesenheit mit jeder Faser meines Körpers. So leise wie möglich ziehe ich Schuhe und Jacke aus. Dann schleiche ich durch den Flur. Ich will ihr nicht begegnen. Nicht jetzt. Kurz vor der Küche halte ich den Atem an, ducke mich, als würde ich dadurch weniger sichtbar, und husche vorbei. »Du bist dabei, mich zu vergessen.« Ihr Vorwurf holt mich ein.

Ich zucke zusammen, spüre, wie sich Widerwillen in mir regt und schließe kurz die Augen.

»Das darfst du nicht. Du darfst mich nie vergessen«, sagt sie mit ihrer Trauerstimme.

Ich flüchte mich in mein Schlafzimmer und schließe die Tür von innen ab. Als würde das etwas nützen. Wenn sie zu mir will, hält auch eine abgeschlossene Tür sie nicht auf. Kälte kriecht in mir hoch. Schlotternd ziehe ich die Bettdecke über mich. Aber sie wärmt mich nicht. Mit klopfendem Herzen liege ich wach, lausche auf Geräusche in der Wohnung, aber es bleibt still. Das Gefühl, an meiner Einsamkeit ersticken zu müssen, wird stärker und will nicht mehr weichen. Irgendwann falle ich doch in einen unruhigen Schlaf, aus dem ich immer wieder hochschrecke. Im Kopf ihre vorwurfsvolle Stimme.

Es ist schon nach neun, als ich am nächsten Morgen völlig zerschlagen und mit Magenschmerzen aufwache. Vielleicht werde ich ja krank, dann kann ich mich für ein paar Tage in meinem Bett verkriechen. Das käme mir sehr entgegen. Ich quäle mich hoch und schlurfe zur Tür. Leise drehe ich den

Schlüssel und spähe in den Flur. Niemand ist zu sehen, auch nicht zu hören. Ich schlüpfe in meine Hausschuhe, tappe in die Küche und setze Wasser für einen Kamillentee auf.

Der Tag vor dem Fenster präsentiert sich genauso trüb und trostlos, wie ich mich fühle. Im grauen Wasser des Landwehrkanals schaukelt ein einsamer Schwan auf den Wellen, die träge gegen die Uferbegrenzung schwappen. Ihre Stimme klingt noch immer in meinem Kopf nach. Ich höre die Worte so deutlich, als würde sie direkt neben mir stehen.

Du bist dabei, mich zu vergessen.

Das ist nicht wahr. Ich denke immerzu an sie. Es vergeht kaum ein Tag, an dem ich sie nicht vor mir sehe. Halb tot an den Baum gefesselt. Kaum ein Tag, an dem ich mir nicht vorstelle, welche Höllenqualen sie erleiden musste, bevor der Tod sie endlich erlöste. Die Bilder von ihr haben sich so fest in meinem Kopf verankert, dass sie ständig präsent sind, ich sie jederzeit abrufen kann. Ich würde viel darum geben, wenn ich sie in eine Kammer meines Gedächtnisses einschließen und den Schlüssel dazu wegwerfen könnte. Aber das scheint unmöglich zu sein. Diese Erinnerungen sind ein Teil von mir, ich muss mit ihnen leben. Genauso wie mit der Angst, darüber eines Tages verrückt zu werden.

Ich setze mich an den Küchentisch und umfasse mit beiden Händen den heißen Becher. Während ich den Tee in kleinen Schlucken trinke, versuche ich, alle Gedanken an sie zu vertreiben, indem ich mir den gestrigen Abend ins Gedächtnis rufe. Der Gedanke an Alexander zaubert ein Lächeln auf mein Gesicht. Ich habe mich sehr wohlgefühlt in seiner Gegenwart. Wie schade, dass der Abend ein solch unschönes Ende fand.

Die Szene im Treppenhaus schiebt sich in den Vordergrund, ohne dass ich etwas dagegen tun kann. Plötzlich habe ich die Stimme des Unbekannten wieder im Ohr. Den sanften, schmeichelnden Tonfall. Mir läuft es eiskalt den Rücken hinunter.

Könnte es Leander gewesen sein? Ziemlich unwahrscheinlich, widerspreche ich mir im selben Atemzug. Was sollte er in Tonis Haus zu suchen haben? Vielleicht ist er ein Bekannter oder Arbeitskollege von Tonis Mann und wollte zur Party? Oder er ist ein Nachbar von ihr. Der Gedanke lässt mich nicht mehr los. Ich könnte Toni nach dem Mann mit der tollen Stimme fragen, der mir im Treppenhaus begegnet ist, und ihr Leanders Aussehen beschreiben. Vielleicht fällt ihr jemand dazu ein.

Die Uhr über dem Kühlschrank zeigt kurz nach zehn. Ich trinke den letzten Schluck des Tees und greife zum Telefon. Das Freizeichen ertönt, ich warte, niemand geht ran. Als ich gerade etwas enttäuscht auflegen will, meldet sich am anderen Ende der Leitung eine Männerstimme mit einem verschlafenen »Ja, bitte?«.

Das muss Tonis Mann David sein. Mir fällt ein, dass ich ihn gestern gar nicht kennengelernt habe.

»Oh, ich hoffe, ich habe Sie nicht geweckt«, sage ich peinlich berührt. Wahrscheinlich ging die Party bis in die frühen Morgenstunden. »Ich wollte Toni sprechen. Ist sie da?«

Offenbar hat sie bereits neben dem Telefon gewartet, denn keine Sekunde später flötet sie gut gelaunt »Antonia Wilhelmsen« in den Hörer.

»Guten Morgen, Toni«, sage ich.

»Guten Morgen. Schön, dass du dich meldest.«

»Ich wollte mich bei dir für die Einladung bedanken. Es war richtig schön, ich habe mich sehr wohlgefühlt bei euch.«

»Das freut mich aufrichtig«, sagt sie herzlich. »Ich fand's nur schade, dass du gegangen bist, ohne dich zu verabschieden.«

Bevor ich etwas erwidern kann, vernehme ich eine Männerstimme im Hintergrund.

»Toni-Schätzchen!«

Toni-Schätzchen?

Mir wird kalt. Ein Beben erfasst meinen Körper. Ich umklammere den Hörer, als müsse ich mich daran festhalten.

»Augenblick, bitte«, sagt Toni zu mir. Und etwas leiser. »Ja, Liebling?«

Ich höre einen Laut, der wie ein leises Schmatzen klingt. Wahrscheinlich hat er sie gerade geküsst. Mir wird schlecht.

»Ich gehe eine Runde durch den Park joggen. In schätzungsweise einer Stunde bin ich zurück«, dringt seine Stimme klar und deutlich an mein Ohr.

Er ist es.

Das Telefon in meiner Hand scheint mit einem Mal Tonnen zu wiegen. Es entgleitet mir, schlägt mit einem dumpfen Laut auf dem Boden auf.

2003

Die beiden Jungs standen wie angewachsen einen Steinwurf entfernt und ließen uns nicht aus den Augen.

»Was glotzt ihr so?«, rief Juli. »Noch nie ’ne nackte Frau gesehen?« Sie rekelte sich und liebkoste mit den Händen ihren Körper, ohne die zwei dabei aus den Augen zu lassen.

»Juli, lass das«, sagte ich scharf.

Paul und Erik gesellten sich zu uns und nahmen die beiden in Augenschein. Ich huschte zu meinem Fahrrad, zog Shorts und Bluse über den noch feuchten Bikini und schlüpfte in meine Sandalen.

»Können wir euch irgendwie helfen?«, hörte ich Paul rufen. Und etwas leiser: »Juli, los, zieh dir was über.«

Ich klaubte Julis Kleid aus dem Gras, ging zu den anderen zurück und drückte es ihr in die Hand. Juli verdrehte die Augen, zog es aber ohne Widerrede an.

Die beiden Typen schlenderten auf uns zu. Sie waren vielleicht zwei, drei Jahre jünger als wir. In ihren dunkelgrauen Stoffhosen mit Bügelfalte, den kurzärmeligen weißen, bis zum Hals zugeknöpften Hemden wirkten sie ungemein brav, bieder wie Zöglinge aus einem Internat des vorigen Jahrhunderts.

»Guten Tag«, sagte der Kleinere der beiden.

»Hi«, antworteten Paul und Erik fast synchron.

»Felix.« Er deutete so etwas wie eine Verbeugung an. »Ich freue mich, euch kennenzulernen.«

Juli neben mir kicherte. Ich stieß sie mit dem Ellenbogen scherzhaft in die Rippen, flüsterte: »Pst!«

»Das hier ist Leander.« Felix machte eine Handbewegung zu seinem Begleiter.

Leander wich meinem Blick aus und klemmte sich eine Haarsträhne hinters Ohr. Seine Stirn und die Wangen waren mit roten Pusteln übersät. Es sah aus wie das Innere eines Granatapfels. Ich schaute schnell wieder weg.

Paul übernahm es, uns vier vorzustellen. Danach standen wir uns eine Weile schweigend gegenüber.

»Na, dann«, sagte Paul schließlich. »War nett, eure Bekanntschaft zu machen, aber das hier ist eine Privatparty. Wenn ihr versteht.«

»Oh, eine Party. Habt ihr etwas zu feiern?«, erkundigte sich Felix höflich.

»Ja, das haben wir«, bestätigte Juli. »Und ihr seid nicht eingeladen.« Das *nicht* betonte sie mit besonderem Nachdruck.

»Wie schade.« Felix lächelte bedauernd. »Wir hätten gern mit euch gefeiert. Nicht wahr, Leander?«

Der Angesprochene scharrte mit den Füßen und nickte. Er hatte bisher noch kein einziges Wort von sich gegeben. Ob er stumm war? Oder einfach nur schüchtern?

»Das Problem ist –« Felix stockte. Seine Wangen röteten sich, als wäre es ihm peinlich weiterzusprechen. »Wildcampen«, er wies mit dem Daumen auf unsere Zelte, »ist hier verboten. Es ist in ganz Deutschland verboten. Das stimmt doch, Leander?«

Wieder nickte Leander, den Blick fest auf den Boden vor seinen Füßen geheftet.

»So what?« Juli hob herausfordernd das Kinn. »Seht ihr hier irgendjemanden, der es uns verbieten könnte?« Sie machte eine weit ausholende Geste.

Felix schürzte die Lippen und wiegte den Kopf hin und her, als würde er nachdenken. »Wie wäre es mit einem Deal? Ihr gebt uns, sagen wir, hundert Euro, und wir drücken ausnahmsweise ein Auge zu.«

»Träum weiter.« Paul schnaubte und tippte sich gegen die Stirn.

»Überlegt es euch gut. Bevor es euch noch teurer kommt.«

Ich horchte auf. Zum ersten Mal hatte sich Leander zu Wort gemeldet. Mit überraschend sanfter Stimme.

»Zieht endlich Leine, Jungs«, sagte Erik. »Ihr nervt.«

Die beiden tauschten einen Blick. Felix machte eine vage Kopfbewegung Richtung Wald. Leander nickte. Ohne ein weiteres Wort zogen sie wieder ab.

Ich sah ihnen nach, im Bauch das mulmige Gefühl, dass dieser Abgang etwas zu reibungslos verlaufen war.

Die beiden waren kaum außer Hörweite, da prustete Juli los. »Was war das denn?« Sie machte mit dem Zeigefinger eine kreisende Bewegung neben der Schläfe. »Die ticken wohl nicht ganz sauber. Hundert Euro.«

Wir alberten rum, äfften die sanfte Stimme von Leander nach und bekamen uns nicht mehr ein vor Lachen. Die anderen waren sich schnell einig, dass die zwei sich nicht mehr blicken lassen würden. Ich hatte nach wie vor meine Zweifel, behielt sie aber für mich. Ich wollte keine Spielverderberin sein. Vielleicht irrte ich mich ja auch.

Während Paul und Erik sich dranmachten, trockenes Holz für das Lagerfeuer zu sammeln, das wir am Ufer des Sees entzünden wollten, sobald die Sonne untergegangen war, beschlossen Juli und ich, nach Corky zu suchen. Allmählich machten wir uns große Sorgen um den alten Hund. Ich kramte die Taschenlampe aus meinem Rucksack für den Fall, dass die Suche sich hinziehen sollte.

»Es kann losgehen«, rief ich Juli zu.

Sie schien mich nicht zu hören, wirkte wie erstarrt, ihre Augen auf etwas gerichtet, das sich meinem Blickfeld entzog. Beunruhigt ging ich zu ihr.

Felix und Leander kamen aus dem Wald auf uns zu. Zwischen ihnen ein Hund. Von Felix an einer Leine aus grobem Seil gehalten. Corky. Er jaulte, zog an der Leine. Felix riss ihn mit einem Ruck zurück. Das Tier winselte.

»Shit«, murmelte Erik hinter ihr. »Die schon wieder.«

»Was wollt ihr?«, rief Paul.

Die beiden kamen näher. Corky war völlig verdreckt, sein Fell voller Kletten, und er humpelte stark. Mein Blick fiel auf den Baseballschläger in Leanders rechter Hand. Eine diffuse Angst kroch in mir hoch. Dicht vor uns stoppten sie. Juli ging in die Hocke und strich dem fiependen Hund über den Kopf.

»Was habt ihr mit ihm gemacht?« Ihre Stimme bebte vor Zorn.

»Nichts«, antwortete Felix und musterte den Hund an seiner Seite erstaunt. »Wie kommst du denn drauf, dass wir ihm was getan hätten? Der sieht doch ganz fidel aus.«

Juli schnellte hoch und schlug Felix mit der flachen Hand ins Gesicht. Augenblicklich ließ er die Leine los, fuhr sich mit der Hand über die Nase und betrachtete fassungslos das Blut auf der Handfläche. Corky humpelte an Julis Seite und knurrte mit gefletschten Zähnen.

»Warum hast du mich geschlagen?« Felix bedachte Juli mit einem Blick, der ein einziger Vorwurf war. »Ist das der Dank dafür, dass wir euren Köter zurückbringen?«

Juli schnappte hörbar nach Luft. Doch bevor sie etwas erwidern konnte, schaltete sich Paul ein.

»Danke«, sagte er. »Das ist sehr nett von euch.«

»Gern geschehen«, sagte Leander, während Felix den Kopf in den Nacken legte, aus der Hosentasche ein Stofftaschentuch klaubte und sich damit umständlich das Blut von der Nase wischte.

»Dafür steht uns Finderlohn zu«, sagte er mit näselnder Stimme. »Wie viel ist so ein Labrador eigentlich wert? Tausend Euro?«

»Ihr seid ja wohl nicht ganz dicht.« Juli zeigte Felix einen Vogel. »Los, verpisst euch. Ich habe echt genug von der Vorstellung.«

Felix fuhr unbeirrt fort. »Zehn Prozent Finderlohn ist der Standard. Mit den hundert Euro von vorhin, die ihr uns noch schuldet, bekommen wir also zweihundert Euro von euch.«

»Zweihundert?«, fragte Paul spöttisch. »Nicht mehr?«

»Ich habe es dir ja gleich gesagt: Der Hund ist ihnen viel mehr wert«, sagte Leander.

Felix seufzte. »Ich bin einfach zu gutmütig.«

Ich hatte keine Ahnung, was für ein Spielchen die beiden mit uns trieben, aber allmählich machten sie mir richtig Angst. »Hört mal, was haltet ihr davon, wenn wir euch fünfzig Euro geben. Das ist doch ein fairer Deal, was meint ihr?«

Juli warf mir einen wütenden Blick zu. »Keinen Cent kriegen die von mir«, zischte sie.

Erik kam mir zu Hilfe. »Ich finde den Vorschlag gar nicht so schlecht«, sagte er. »Deal?«

Felix und Leander kehrten uns den Rücken zu und steckten tuschelnd die Köpfe zusammen. »Wir sind einverstanden«, sagte Felix nach einer kurzen Weile. »Unter einer Bedingung«, fügte er hinzu und lächelte verschämt. »Sag du's, Leander.«

Sein Freund strich sich eine Haarsträhne aus der pickligen Stirn. »Wir wollen die da«, er nickte Richtung Juli, »noch mal nackt sehen.«

Juli gab einen Laut von sich, der wie ein ersticktes Lachen klang.

»Jungs«, sagte Paul mit mühsam beherrschter Stimme. »Das könnt ihr vergessen.«

»Schade«, sagte Felix. »Dann müssen wir leider auf den zweihundert Euro bestehen.«

»Mir reicht's jetzt! Was glaubt ihr eigentlich, wer ihr seid?« Juli machte zwei schnelle Schritte auf Felix zu. Der wich erschrocken zurück. »HAUT ENDLICH AB!«, brüllte sie ihm ins Gesicht.

Corky knurrte. Aus den Augenwinkeln sah ich ihn loshumpeln. Bevor ich ihn zurückrufen konnte, hatte er sich bereits im Stoff von Felix' Hose verbissen. Leander umfasste den Schaft des Baseballschlägers mit beiden Händen und hob ihn über den Kopf.

Jetzt! Bilder blitzten in schneller Folge durch meinen Kopf. Ich stürze mich auf Leander, entreiße ihm den Baseballschläger. Erik und Paul schnappen sich Felix, zwingen ihn mit vereinten Kräften zu Boden. Juli ruft Corky zu sich …

Ein lautes Krachen katapultierte mich in die Realität. Corkys Schädelknochen barst unter der Wucht von Leanders Schlag.

Augenblicklich ließ der Hund von Felix ab, fiepte herzzerreißend. Ein Zittern ging durch seinen Körper, dann knickten die Läufe ein.

Juli schrie gellend.

Ich wandte den Blick ab, presste mir beide Hände vor den Mund, würgte an der aufsteigenden Magensäure.

»Danke, Leander«, sagte Felix zu seinem Freund. »Das war knapp.«

»Gern geschehen«, antwortete Leander mit einer Stimme weich wie Samt.

6

»Bist du noch da?«

Tonis Stimme krächzt aus dem Telefon, das auf dem Boden liegt. Ich beuge mich vor, strecke die Hand danach aus, zucke unwillkürlich zurück.

»Hallo? Michaela?«

Ich bin unfähig zu reagieren, starre das dunkle Kunststoffgehäuse an, als wäre es ein gefährliches Tier, das jeden Augenblick zum Leben erwachen und über mich herfallen könnte.

Ich höre Toni noch ein paar Mal laut meinen Namen rufen, dann ist es still. Sie hat offensichtlich aufgegeben und die Verbindung getrennt.

Ein Adrenalinschub löst meine Erstarrung. Jeder einzelne meiner Nerven scheint zu vibrieren. Es gelingt mir nicht, meine Gedanken in sinnvolle Bahnen zu lenken. Wie in einer Endlosschleife kreisen die drei Worte durch meinen Kopf.

Er ist es.

Ich reiße meinen Mantel vom Garderobenhaken, ziehe ihn über und stürze aus der Wohnung. Erst als ich auf dem nassen Bürgersteig stehe, bemerke ich, dass ich noch meine Hausschuhe und den Schlafanzug trage. Ich drehe um, hetze wieder nach oben und ziehe mich in Windeseile um. Als das

Telefon klingelt, erschrecke ich so, dass mein Herzschlag aus dem Takt gerät. Sicher Toni. Im Eilschritt verlasse ich die Wohnung. Den Weg zur S-Bahn lege ich im gleichen Tempo zurück. Mein Gehirn arbeitet auf Hochtouren. Erst jetzt wird mir klar, dass der Mann im Treppenhaus gestern Nacht Tonis Mann David gewesen sein muss. Er hat sie auf dem Weg nach oben angerufen, um Bescheid zu sagen, dass er gleich da ist. Sein *Toni-Schätzchen* hat mein Kopf dann wohl in *Maike-Schätzchen* umgedichtet.

Es dauert ewig, bis eine Bahn kommt. Vollkommen aufgelöst komme ich in der Buchhandlung an. Zum Glück ist kein Kunde im Laden. Meine Mutter steht mit dem Rücken zur Tür vor einem Bücherregal und scheint etwas zu suchen. Sie dreht sich um, als die Türklingel mein Erscheinen ankündigt.

»Was machst du denn hier? Du hast heute doch frei.« Sie mustert mich überrascht.

Ich bringe kein Wort raus. Stehe nur da und schaue sie an.

»Ist was passiert?«, fragt sie erschrocken.

»Ja. Nein. Nicht so direkt«, stammle ich. »Ich weiß, wer es ist. Ich habe seine Stimme erkannt und –«

Ich registriere, wie sich der Gesichtsausdruck meiner Mutter im Bruchteil einer Sekunde ändert und die Sorge der Missbilligung weicht.

»Bitte, Liebes«, sagt sie. »Nicht das schon wieder.«

»Dieses Mal bin ich mir wirklich absolut sicher.«

»Das warst du die letzten Male auch.«

»Aber ich –«

Ihr »Nein«, mit dem sie mir das Wort abschneidet, klingt ungewöhnlich scharf. »Du musst endlich aufhören mit deinen Verdächtigungen. Du hast damit schon genug Unheil angerichtet. Das letzte Mal hast du einen Kunden fälschlich beschuldigt. Erinnere dich!«

Mir schießt die Röte ins Gesicht. Beschämt senke ich den Blick.

Wie könnte ich das vergessen. Es ist im August des vergangenen Jahres gewesen. Ich befand mich in der Küche und Mutter bediente vorne im Laden einen Kunden. Beim Klang seiner Stimme fiel mir die Tasse aus der Hand und zerschellte am Boden. Ich war wie elektrisiert. Vorsichtig schob ich den Vorhang zum Ladenraum zur Seite und lugte hinein. Der Mann wandte mir den Rücken zu. Er war blond, groß, schlaksig und sprach mit Leanders Stimme. Ich wich zurück, wagte kaum zu atmen. Erst als die Türglocke signalisierte, dass er die Buchhandlung verließ, kam Bewegung in mich. Ich dachte nicht eine Sekunde nach, sondern stürzte an Mutter vorbei auf die Straße. Aus den Augenwinkeln registrierte ich ihren verdutzten Gesichtsausdruck. Mein Körper kribbelte vor Aufregung. Ich folgte ihm in den Hinterhof eines Wohnhauses, beobachtete, wie er die Tür zur Parterrewohnung aufschloss. Auf dem Klingelschild las ich *L. & S. Scherer.* Das *L.* stand für Leander, das war mir sofort klar. Endlich hatte ich ihn aufgespürt. Ich zückte mein Handy und wählte die 110.

Was danach kam, war mir im Nachhinein so peinlich, dass ich es am liebsten aus meiner Erinnerung streichen möchte. Nach einer halben Stunde Wartezeit, die mir unendlich lang vorkam, tauchten zwei Polizeibeamte auf. In atemlosen Worten schilderte ich ihnen, was ich beobachtet und daraus gefolgert hatte. Sie beäugten mich skeptisch, berieten sich flüsternd und klingelten dann doch an der Wohnungstür. Schnell klärte sich das Ganze als Irrtum meinerseits auf. Das *L.* stand nicht für Leander, sondern für Ludwig. Herr Scherer war Lehrer an einer Grundschule, alleinerziehender Vater und kam schon vom Alter her nicht infrage. Er ging auf die fünfzig zu. Das Ende vom Lied war, dass ich mich bei ihm entschuldigen musste und von den Polizisten aufs Revier mitgenommen wurde. Es war nicht das erste Mal, dass ich jemanden fälschlich verdächtigt hatte, und dementsprechend frostig wurde ich dort empfangen.

Mutter kommt auf mich zu, legt die Arme um mich, streicht mir in einer zärtlichen Geste über den Kopf. »Liebling, siehst du denn nicht, dass du dich im Kreis drehst?« Ihre Stimme hat zur gewohnten Wärme zurückgefunden. »Du schadest nur dir selbst. Du musst endlich einen Schlussstrich unter die Geschichte ziehen. Das Ganze ist schon über fünfzehn Jahre her.« Die Zahl betont sie mit besonderem Nachdruck. »Lass sie endlich ruhen. Bitte.«

Ich beiße mir auf die Unterlippe, nicke.

Sie hebt mit dem Zeigefinger mein Kinn hoch. Der Tränenschleier vor meinen Augen zersplittert ihr Gesicht in winzige Stücke.

»Versprich mir, dass du dieses Mal nicht zur Polizei gehst.«

Ich nicke wieder und versuche, die Tränen zurückzudrängen.

Hinter meinem Rücken ertönt die Ladentürklingel und ein Schwall kalter Luft strömt herein. Mutter schenkt mir einen entschuldigenden Blick, dann wechselt ihre Aufmerksamkeit von mir zu dem eintretenden Kunden.

»Guten Tag, kann ich Ihnen behilflich sein oder wollen Sie sich umschauen?«

Ich warte die Antwort gar nicht erst ab und mache Anstalten zu gehen. Mutter ergreift meinen Arm, sieht mir forschend in die Augen.

»Komm doch heute Abend bei mir vorbei und erzähl mir alles in Ruhe, ja?« Anscheinend tun ihr die barschen Worte von vorhin schon wieder leid.

»Alles gut«, murmle ich. »Vergiss es. Wahrscheinlich habe ich überreagiert.«

Es ist ihr anzusehen, dass sie meiner Aussage nicht so recht traut. Schnell hauche ich ihr einen Kuss auf die Wange und verlasse die Buchhandlung.

Draußen weiß ich für einen Moment nicht, wohin mit mir. Nach Hause möchte ich jetzt nicht. Ich bin noch immer total aufgewühlt und ruhelos. Meine Schritte lenke ich dennoch automatisch in Richtung des S-Bahnhofs.

Zur Polizei kann ich nicht. Das ist mir auch ohne Mutters Mahnung klar. Spätestens seit der Nummer mit dem Lehrer nehmen die mich nicht mehr für voll. Aber vielleicht täusche ich mich ja dieses Mal nicht. Was soll ich also tun? Ich muss mir Gewissheit verschaffen. Diesmal muss ich hieb- und stichfeste Beweise vorlegen können, dass ich mich nicht irre. Erst wenn ich die habe, kann ich Anzeige erstatten. Vorher nicht. Als Erstes muss ich mir Tonis Mann anschauen. Wenn er tatsächlich Leander ist, werde ich ihn erkennen.

Keine halbe Stunde später stehe ich vor Tonis Haus. Der Wind streicht mir kalt übers Gesicht. Mein Finger schwebt über dem Klingelknopf. Mit einem Mal schwappt bei der Vorstellung, David gegenüberzutreten, Panik in mir hoch. Was soll ich tun, wenn ich in ihm tatsächlich Leander erkenne? Soll ich es ihm auf den Kopf zusagen? Er wird es abstreiten. Unverständnis heucheln. Natürlich. Und einen Beweis gegen ihn habe ich damit noch immer nicht.

Ich lasse meine Hand sinken. Was für eine kopflose Aktion. So komme ich nicht weiter. Ich muss nachdenken. Was ich brauche, ist ein Plan. Ein gut durchdachter Plan. Abrupt wende ich mich zum Gehen, stolpere fast über meine Füße, so eilig habe ich es plötzlich, von hier wegzukommen. Auf dem Weg zurück zur U-Bahn-Station fängt es unvermittelt an zu regnen. Innerhalb von Sekunden schüttet es wie aus Eimern. Ich flüchte mich in ein kleines Café.

Lautes Stimmengewirr und Gelächter empfangen mich. Der Duft nach gebackenem Brot und frisch aufgebrühtem Kaffee steigt mir die Nase. Mein leerer Magen reagiert mit einem Knurren. Spontan beschließe ich, mir ein Frühstück zu gönnen. Fast alle Tische sind besetzt. Am Fenster erspähe ich einen Zweiertisch, der gerade frei wird, und strebe darauf zu, bevor ihn mir jemand wegschnappt. Ich lege meinen Mantel über die Stuhllehne, setze mich, schiebe das noch nicht abgeräumte Geschirr beiseite und greife nach der Speisekarte. Sie fühlt sich klebrig an. Mit spitzen Fingern blättere ich die in Plastikhüllen steckenden Seiten um. Eine sehr dünne Kellnerin, ganz in Schwarz mit weißgrau gefärbtem Kurzhaarschnitt, nimmt meine Bestellung schlecht gelaunt entgegen. Ich muss fast schreien, um mich gegen den Lärm des Kaffeeautomaten und die Stimmen um mich herum verständlich zu machen.

»Der Cappuccino kommt sofort. Das Frühstück dauert etwas länger.« Sie nickt mit dem Kopf in die Menge. »Du siehst ja, was hier los ist.«

Ich versichere ihr, das sei kein Problem, lehne mich zurück und sehe mich um. Ich bin die Einzige, die allein an ihrem Tisch sitzt. Sofort komme ich mir fehl am Platz vor und weiß nichts mehr mit meinen Händen anzufangen. Am liebsten würde ich aufstehen und gehen, aber ich zwinge mich dazu, sitzen zu bleiben. Ich muss lernen, nicht vor jeder mir unangenehmen Situation zu fliehen. Das bläut mir meine Therapeutin schon seit Jahren ein. Also krame ich mein Handy aus der Tasche und registriere erstaunt zwei entgangene Anrufe. Mich ruft, außer meiner Mutter, selten jemand an. Ein Anruf ist von Toni. Den anderen kann ich nicht zuordnen. Soll ich Toni zurückrufen? Nicht jetzt. Später. Ich will nicht schon wieder etwas Unüberlegtes tun.

Die Kellnerin kommt mit einem voll beladenen Tablett an meinen Tisch und stellt wortlos einen Cappuccino vor mir ab. Ich stecke das Handy weg und führe die Tasse zum Mund. Die Eingangstür öffnet sich. Neue Gäste mit tropfnassen Regenschirmen treten ein und schauen sich suchend um. Um ein Haar verschlucke ich mich.

Es ist Toni in Begleitung eines Mannes. David? Wahrscheinlich. Ich mache mich ganz klein, als könne ich mich hinter meiner Tasse verstecken. Doch Toni hat mich bereits entdeckt. Ein Strahlen geht über ihr Gesicht. Sie winkt mir zu, sagt etwas zu dem Mann an ihrer Seite und bewegt sich dann in ihrem watschelnden Schwangerengang zwischen den Tischen erstaunlich flink auf mich zu.

»Toni«, sage ich. »Was für ein schöner Zufall.«

Meine Worte klingen lahm und alles andere als begeistert, das scheint ihr jedoch nicht aufzufallen. Sie zieht sich einen freien Stuhl vom Nachbartisch heran und winkt ihren Begleiter zu uns. Mein Herzschlag beschleunigt sich. Ich wage nicht, ihn anzusehen. Mit einem lauten Seufzer wickelt sich Toni den Schal vom Hals.

»Was für ein Mistwetter«, schimpft sie und lässt sich auf dem Stuhl mir gegenüber nieder. »Was war denn heute Morgen los? Du warst plötzlich nicht mehr in der Leitung.«

»Du, keine Ahnung«, sage ich schnell und merke, wie mir die Lüge die Röte ins Gesicht treibt. »Das Telefon war mit einem Mal tot. Passiert in letzter Zeit häufiger.«

»Kenn ich«, sagt Toni und verdreht die Augen. »Das ist übrigens David.« Sie deutet auf den Mann, der inzwischen neben ihr Platz genommen hat. »David, darf ich vorstellen, das ist Michaela, eine alte Schulfreundin von mir. Wir sind uns neulich – wann war das? Vorgestern? – zufällig über den Weg gelaufen.«

Sie plappert munter weiter. Obwohl ich Toni die ganze Zeit anschaue, bekomme ich nichts mit von dem, was sie sagt. Ich spüre Davids Blick auf mir ruhen und werde von Sekunde zu Sekunde aufgeregter.

Überlegt er, woher er mich kennt?

»Hallo«, sagt er, nachdem Toni ihren Redefluss beendet hat, und reicht mir über den Tisch hinweg eine Hand. Mechanisch ergreife ich sie. Noch immer vermeide ich es, ihn direkt anzuschauen.

»Wie schön, dass wir uns auch mal kennenlernen«, sagt er mit Leanders weicher Stimme.

Ich schlucke trocken. Mir wird heiß, dann kalt. Alles Blut sackt mir aus dem Kopf in den Bauchraum. Toni zieht irritiert die Augenbrauen hoch und mustert mich. Sie sagt etwas, doch ich verstehe kein Wort.

Ich starre David an. Sehe die Aknenarben auf den Wangen. Die glatten strohfarbenen Haare, die er jetzt mit einer ungeduldigen Geste aus der Stirn zurückstreicht. Seine eisgrauen Augen fixieren mich. Plötzlich verschwimmt Davids Gesicht, löst sich auf. Ich blinzle, stelle es wieder scharf. Der Schreck ist wie ein Schlag in die Magengrube. Mir gegenüber sitzt Leander. Stirn und Wangen übersät mit roten Pusteln. Einen Baseball-Schläger über der Schulter. Seine Lippen formen tonlos Worte. *Maike-Schätzchen?* Ich schiebe meinen Stuhl zurück.

»Entschuldigt mich«, bringe ich gerade noch über die Lippen. Dann springe ich hoch, schnappe mir meine Tasche und stolpere zur Toilette, wo ich meinen Mageninhalt, über die Kloschüssel gekrümmt, in einem Schwall von mir gebe. Ich würge, bis nur noch Galle hochkommt, und richte mich stöhnend wieder auf. In dem grauen Gesicht, das mir aus dem Spiegel über dem Waschbecken entgegenschaut, erkenne ich mich kaum wieder. Das Entsetzen ist mir deutlich anzusehen.

Du musst dich zusammenreißen. Du darfst dir nichts anmerken lassen.

Ich drehe den Hahn auf und trinke Wasser aus der hohlen Hand, um den ekelhaften Geschmack in meinem Mund loszuwerden. Wie soll ich den beiden unbefangen gegenübertreten, frage ich mein Spiegelbild. Es übersteigt meine Vorstellungskraft. Aber allmählich muss ich zurück ins Café. Ich bin ohnehin schon viel zu lange hier drin. Toni wird sicher bald nach mir sehen. Am besten wird es sein, ich zahle gleich am Tresen, nehme meine Jacke und verabschiede mich mit der Entschuldigung, dass ich mich nicht wohlfühle. So bleich, wie ich aussehe, wird mir das jeder sofort abnehmen. Ich atme tief durch und gehe wieder ins Café.

Die Stühle an meinem Tisch sind leer. Ich sehe mich suchend um. Keine Spur von Toni und David. Doch statt erleichtert zu sein, dass mir die Konfrontation erspart bleibt, beschleicht mich sofort ein ungutes Gefühl. Hat David mich auch erkannt und deshalb das Weite gesucht? Zögernd nehme ich wieder Platz. Die dünne Kellnerin schlurft herbei und stellt mein Frühstück auf den Tisch.

»Ihre Bekannten mussten leider ganz schnell weg, soll ich Ihnen ausrichten«, sagt sie.

»Haben sie gesagt, warum sie wegmussten?«

»Nein«, antwortet sie knapp.

Wie merkwürdig. Das sieht tatsächlich nach Flucht aus. Ich bitte um die Rechnung. Den mit Wurst, Käse, Tomaten und Marmelade beladenen Teller schiebe ich angewidert beiseite. Mir ist der Appetit gründlich vergangen.

Auf dem Weg nach Hause fliegen mich leise Zweifel an. Es kann tausend Gründe haben, warum die beiden so plötzlich aufbrechen mussten. Das muss nicht zwangsläufig etwas mit mir zu tun haben. Es ist auf jeden Fall kein Beweis dafür, dass David Leander ist. Sicher weiß ich nur eins: Davids Stimme ist der von Leander täuschend ähnlich. Wie Mutter mir deutlich in Erinnerung gerufen hat, ist er allerdings nicht der Erste, bei dem ich diese Ähnlichkeit festgestellt habe. Es ist eine bestimmte Klangfarbe in Männerstimmen, die dadurch wie ein Trigger wirken, hat mir meine Therapeutin erklärt. Die Bilder, die sie hervorrufen, sind unter Umständen nicht real, sondern existieren nur in meinem Kopf.

Unruhig tigere ich durch die Räume meiner Wohnung, schiebe ein paar Bücher hin und her, wische Staub und schaue aus dem Fenster. Davids Stimme verfolgt mich. Ich habe sie ständig im Ohr. Mit einer Hand massiere ich mir den Nacken, der vor Anspannung schmerzt. Was soll ich jetzt bloß tun? Doch so sehr ich mir auch den Kopf zerbreche, mir fällt nichts ein, wie ich meinen Verdacht untermauern könnte. Es wäre besser, ich würde die Sache auf sich beruhen lassen. Noch während ich das denke, wird mir klar, dass ich das nicht kann. Nicht mehr. Ich muss Gewissheit haben, dass David nicht Leander ist. Sonst finde ich keine Ruhe.

* * *

Der nächste Tag zieht wie ein Film an mir vorüber. Ich habe auf Autopilot geschaltet, meinen Verstand komplett ausgeknipst. Bloß nicht nachdenken. Toni lässt nichts von sich hören. Zum Glück. Ich weiß immer noch nicht, wie ich mich ihr gegenüber verhalten soll. Dafür meldet sich Alexander bei mir. »Toni hat mir netterweise deine Handynummer gegeben«, sagt er und entschuldigt sich für seinen etwas schroffen Abgang neulich Abend.

»Kein Problem«, versichere ich ihm.

Auf seine Frage, ob man sich nicht mal auf einen Kaffee oder so treffen könne, antworte ich: »Gern«. Ich bin mir zwar nicht sicher, ob das wirklich eine so gute Idee ist, möchte ihn aber nicht schon wieder vor den Kopf stoßen. Wir verabreden uns für übermorgen Abend.

Mutter, die das Telefonat verfolgt hat, zwinkert mir verschwörerisch zu. Ich habe ihr erzählt, dass ich Alexander auf der Party getroffen und mich wider Erwarten gut mit ihm verstanden habe. Sicherlich mutmaßt sie nach seinem Anruf, es könnte sich zwischen uns etwas anbahnen. Ich winke ab, gleichzeitig spüre ich, dass meine Wangen ganz heiß werden. Mutter verzieht den Mund zu einem wissenden Lächeln. Ich will ihr widersprechen, doch dann lasse ich ihr den Glauben. Sie wünscht sich so sehr, dass ich endlich einen Mann an meiner Seite habe. Als wäre das die Lösung für all meine Probleme.

7

Es vergeht ein weiterer Tag, an dem ich das Gefühl nicht loswerde, neben mir zu stehen und alles, was ich tue, als unbeteiligter Zuschauer zu verfolgen. Näselnd eine Erkältung vortäuschend sage ich Alexander ab und verspreche, mich zu melden, sobald ich wieder auf dem Damm bin.

Nachts liege ich wach. Ständig drängt sich Davids Stimme in meinen Kopf. Wie in einer Endlosschleife wiederholt sie in ihrem sanften Singsang: *Wie schön, dass wir uns auch mal kennenlernen.* So lange, bis ich glaube, mir müsste jeden Augenblick der Schädel platzen.

Am zweiten Tag, ich will nach einem stressigen Morgen im Laden gerade in eine verspätete Mittagspause gehen, erreicht mich eine WhatsApp von Toni. Ein Foto von ihr, sie sieht erschöpft, aber sehr glücklich aus, im Arm hält sie den neugeborenen Sohn. Untertitel:

Darf ich vorstellen: Leander, unser kleiner Sonnenschein.

Mich überläuft es eiskalt. Mit dem Handy in der Hand wanke ich zum Sofa und lasse mich auf das Polster sinken. Leander? Ist das wirklich Zufall? Leander ist kein Name, den man heutzutage oft hört. Der Eingang einer zweiten Nachricht unterbricht meine Überlegungen.

> Er kam etwas zu früh, deshalb unser überstürzter Abgang aus dem Café neulich. Wir beide müssen noch eine Woche hierbleiben. Magst du mich besuchen? Ich bin in der Geburtsklinik in Schöneberg. LG Toni (überglücklich)

Mit dem Telefon in der Hand laufe ich rüber zu Mutter. »Toni hat ihr Baby bekommen. Rate mal, wie es heißt.«

»Liebes, woher soll ich das denn wissen?« Sie verdreht in gespielter Entrüstung die Augen. »Ist es ein Junge? Oder ein Mädchen?«

»Junge«, antworte ich.

»Stimmt. Jetzt erinnere ich mich wieder, dass Toni das erwähnt hat.«

»Sie nennen das Kind«, ich mache eine bedeutungsvolle Pause, »Leander«, und schaue sie vielsagend an.

»Sollen wir ihr einen Blumenstrauß zukommen lassen? Oder gehst du sie besuchen?«

Meine Mutter hat manchmal echt eine ziemlich lange Leitung. »Mama, das Baby wird Leander heißen!«

Sie hebt erstaunt die Augenbrauen. »Was ist an Leander so –« Sie stockt, runzelt die Stirn. Jetzt endlich hat es bei ihr *klick* gemacht. »Ach, du denkst –«

»Genau«, falle ich ihr ins Wort. »Das kann doch kein Zufall sein.«

»Ist Tonis Mann etwa derjenige, dessen Stimme du erkannt haben willst?« Sie schaut mir prüfend ins Gesicht, die Augen zu schmalen Sicheln verengt.

»Ja. Genau.« Ich nicke eifrig. »Und jetzt das. Das kann doch kein Zufall sein«, wiederhole ich meine vorherige Feststellung mit Nachdruck.

»Doch. Genau das ist es: ein Zufall«, erwidert Mutter in einem Ton, der keine Widerrede duldet. »Lass es endlich gut sein, ja? Toni ist deine Freundin und du verdächtigst ihren Mann eines scheußlichen Verbrechens? Denk doch nach. Das wäre dann das wievielte Mal, dass du jemanden für Leander hältst? Irgendwann muss Schluss sein damit. Ich möchte in Zukunft nicht mehr mit diesen haltlosen Verdächtigungen behelligt werden. Ist das klar?«

Derart aufgebracht habe ich meine Mutter selten erlebt. Sie dreht sich auf dem Absatz um und verschwindet in die hinteren Räume.

Ich fühle mich wie ein zu Unrecht gescholtenes Kind. Trotz regt sich in mir. Jetzt erst recht. Ich werde ihr beweisen, dass ich recht habe.

Den Rest des Tages verbringe ich in einem merkwürdig aufgekratzten Zustand. Ein Gedanke stiehlt sich in meinen Kopf. Irrsinnig, waghalsig. Wahrscheinlich undurchführbar, doch mich lässt meine Idee nicht mehr los. Was habe ich zu verlieren?

Erst als ich zu Hause bin, antworte ich Toni auf ihre Nachricht. Den Text habe ich mir vorher gut überlegt.

Herzlichen Glückwunsch, liebe Toni. Das freut mich für euch. Sehr schöner, aber recht ungewöhnlicher Name. Hört man nicht mehr so häufig. HG

Es dauert nur wenige Sekunden, bis die Antwort von ihr kommt.

Dankeschön! Der Name war Davids Idee. Hat wohl irgendwas mit einer griechischen Sage zu tun, auf die er als Junge total abgefahren ist. Ich habe mich erst gesträubt, von wegen altmodisch und so, aber inzwischen finde ich ihn wunderschön, genau wie meinen kleinen Schatz. LG

Ich starre auf die Nachricht, bis das Display erlischt. Griechische Sage? *Hero und Leander.* Dunkel erinnere ich mich daran. Ein Liebespaar aus der griechischen Mythologie, das einen tragischen Tod fand. Ist nicht das Volkslied *Es waren zwei Königskinder* eine moderne Adaption davon? Auch wenn Davids Erklärung für die Namensgebung seines Sohnes stimmig scheint, ist sie haargenau das Puzzleteil, das mir noch fehlte, um meinen Verdacht endgültig zu erhärten. David ist Leander.

Meine Knie geben plötzlich nach. Ich wanke zu einem Küchenstuhl, setze mich. Ich zittere am ganzen Körper. Aber mein Entschluss steht endgültig fest.

Ich werde David dazu bringen, zu gestehen, was er getan hat. Ich weiß auch schon wie. Es wird nicht leicht werden. Vielleicht wird mein Plan nicht aufgehen. Es könnte sogar gefährlich für mich werden. Aber dieses Risiko werde ich, dieses Risiko muss ich eingehen. Das bin ich mir und meinen Freunden schuldig.

2003

»Er ist tot. Corky ist tot.« Julis Stimme war kaum mehr als ein tonloses Raunen.

Ich schluckte. In meinem Kopf wirbelte alles durcheinander. Mein Handy steckte im Rucksack. Der lag neben dem Fahrrad, nur wenige Schritte entfernt. Doch was würde es bringen, wenn es mir gelang, dorthin zu kommen? Selbst wenn ich hier ein Netz bekam, was ich bezweifelte, ich kannte ja nicht mal unseren genauen Standort. Nur dass wir irgendwo in Brandenburg waren. An einem See. Ich zermarterte mir das Hirn nach dem Namen des Kaffs, in dem wir nachmittags noch ein paar Vorräte für den Abend eingekauft hatten. Marienwalde? Liebkirchen? Er fiel mir nicht ein.

»Vielleicht sollten wir jetzt gehen«, sagte Felix, während er Juli beäugte, die neben dem toten Hund auf dem Boden kauerte und Rotz und Wasser heulte.

Leander schulterte den Baseballschläger. Mit Entsetzen sah ich das Blut, das an dem Holz klebte. »Und was ist nun mit unserem Geld? Okay, der Köter ist hinüber, aber wir haben ihn schließlich zurückgebracht.«

»Stimmt.« Felix hieb sich mit der flachen Hand gegen die Stirn. »Danke, dass du mich daran erinnerst. Das hätte ich glatt vergessen.« Er wandte sich Paul und Erik zu. »Also, was ist mit unserem Geld?«

Plötzlich schnellte Juli aus der Hocke hoch und warf sich mit einem lauten Schrei auf Felix. Ihr Gesicht war tränenüberströmt. Mit beiden Fäusten schlug sie auf ihn ein.

»Ihr Scheiß-Mörder«, schrie sie. »Dafür werdet ihr büßen. Ich bring euch ins Gefängnis.«

Felix stieß Juli mit einer heftigen Bewegung von sich. Sie stolperte und fiel rücklings auf den Boden. Er hob lachend die Hände, als wäre das alles ein Spiel, und rief: »Gnade! Ich ergebe mich.«

Juli rappelte sich schniefend hoch, wischte sich mit dem Handrücken über die Nase und ging erneut mit erhobenen Fäusten auf ihn los. Leander stand dabei, den Schläger noch immer über der Schulter, und ließ uns nicht aus den Augen. Ich wusste, er würde nicht zögern zuzuschlagen, wenn einer von uns sich regte.

»Juli, bitte. Hör auf damit«, flehte ich. »Das bringt doch nichts.«

Felix umklammerte Juli mit beiden Armen und hielt sie fest an sich gedrückt. Zu seinem Freund gewandt sagte er: »Sie hat ganz harte Brustwarzen.«

Das Lächeln auf seinem Gesicht jagte mir einen Schauder über den Rücken. Juli spie ihm ins Gesicht. Felix ließ sie abrupt los, ballte die Rechte zur Faust und schlug zu.

Ein Mal.

Zwei Mal.

Juli taumelte, wandte den Kopf zur Seite.

Der dritte Schlag traf ihre Schläfe.

Lautlos kippte Juli um. Schlug hart auf dem Boden auf. Aus ihrem rechten Ohr sickerte Blut.

Ich stieß einen Schrei aus, schlug mir die Hände vor den Mund und wich einen Schritt zurück. In meinen Ohren rauschte es. Paul und Erik standen wie gelähmt einfach nur da.

»Warum macht ihr es uns auch so schwer?«, jammerte Felix. Er zog das blutverschmierte Taschentuch hervor und wischte sich die Spucke vom Gesicht.

Erik wühlte in den Hosentaschen und förderte einen zerknitterten Fünfzigeuroschein zutage. »Hier, mehr habe ich nicht.« Er machte einen Schritt auf Felix zu und hielt ihm den Schein hin. Seine Hand zitterte.

Felix nahm ihn Erik mit spitzen Fingern ab, reichte ihn an Leander weiter, der ihn von beiden Seiten begutachtete und dann achtlos fallen ließ. Er flatterte durch die Luft und landete dicht neben Julis Hand auf dem Boden. Aus den Augenwinkeln registrierte ich, wie Paul die Hände zu Fäusten ballte.

»War es das wirklich wert?«, unterbrach Leander die Stille.

Vielleicht war es der salbungsvolle Ton seiner Stimme, der in Paul und Erik gleichzeitig etwas auslöste. Wie auf Kommando stürzten beide vor. Erik stieß einen Laut aus, der mich an ein verletztes Tier erinnerte. Felix riss eine Hand hoch, es gab ein ratschendes Geräusch, etwas blitzte metallisch auf. Leander hob den Baseballschläger.

Im Bruchteil einer Sekunde entschied ich mich für Flucht. Ich wirbelte herum, sprang über den toten Hund und stürmte im Laufschritt davon. Nur schemenhaft nahm ich den glutroten Ball der untergehenden Sonne über den Baumwipfeln wahr. Die Schreie meiner Freunde verfolgten mich bis tief in den Wald hinein. Erst als ich Seitenstechen bekam, stoppte ich, verharrte in gekrümmter Haltung. Meine Lunge brannte. Ich hatte keine Ahnung, wo ich mich befand. Das schlechte Gewissen, das versuchte, sich Gehör zu verschaffen, drückte ich schnell wieder weg. Ich hätte nichts gegen die beiden ausrichten können. Jemand musste Hilfe holen. Das war unsere einzige Chance. Ich holte tief Luft und hetzte weiter. Mit beiden Händen teilte ich das Gestrüpp, das immer dichter wurde. Dornen rissen an meinen nackten Armen und Beinen, hinterließen blutige Schrammen. Ich spürte den Schmerz kaum, bewegte mich mit stoischer Verbissenheit durch das Unterholz. Immer häufiger stolperte ich, fiel hin und rappelte mich wieder hoch. Ich war am Ende meiner Kräfte, jeder Schritt wurde zur Qual. Ein Vogel flatterte direkt vor mir aus dem Gebüsch hoch und erschreckte mich fast zu Tode.

Unerwartet stieß ich auf einen Forstweg. Vor Erleichterung heulte ich los. Ich blieb mitten auf dem Weg stehen, blickte nach rechts, dann nach links. Mein Bauchgefühl sagte rechts. Wenn es um Orientierung ging, war wenig Verlass auf mein Gefühl. Ich wischte mir die Tränen von den Wangen und marschierte nach links. Nach ein paar Metern hielt ich an und machte kehrt. Der Weg schien sich ins Endlose zu dehnen. Mir taten die Beine weh, meine Füße schmerzten und der Durst quälte mich. Ich musste mich zu jedem Schritt zwingen.

Der Weg machte eine Biegung, wurde breiter. Der Wald lichtete sich. Ich stoppte, starrte ungläubig auf den See, der sich im fahlen Licht des aufgehenden Mondes wie ein dunkles Tuch vor mir ausbreitete. Es dauerte einige Sekunden, bis ich es begriff. Ich war im Kreis gelaufen.

Dieses Mal unterdrückte ich den Impuls zu fliehen und duckte mich hinter ein Gebüsch. Von dort aus scannte ich die Umgebung. Das Zelt. Der tote Hund. Unsere Räder. Sie standen noch immer da, wo wir sie abgestellt hatten. Es kam mir vor, als wäre seither eine Ewigkeit vergangen. Ich hatte auf meiner überstürzten Flucht jegliches Zeitgefühl verloren.

Wo waren die anderen? Sie schienen weg zu sein. Waren sie den beiden entkommen? Nur zögerlich wagte ich mich hinter dem schützenden Blattwerk hervor. Ein Adrenalinschub ließ mich am ganzen Körper zittern. Ich blickte mich immer wieder um, während ich mich in geduckter Haltung auf die Räder zubewegte. Die Enttäuschung war wie ein Schlag in die Magengrube. Die Reifen waren alle platt. Jemand hatte die Mäntel zerschnitten.

Dann fiel mein Blick auf die nackte Ferse, die aus dem Zelt ragte. In drei Schritten war ich dort, beugte mich vor und schob die Plane zur Seite. Mein Verstand weigerte sich zu begreifen, was meine Augen sahen. Ich würgte an der Galle, die in meiner Speiseröhre brannte. Nur mit Mühe konnte ich den Brechreiz unterdrücken.

Juli lag auf der Seite, die langen dunklen Haare fielen ihr über Gesicht und Oberkörper. Daneben Paul. In seiner Brust eine Wunde, aus der Blut suppte. Seine Augen starrten blicklos zur Decke. Erik an seiner anderen Seite hatte die Lider geschlossen. Es sah aus, als hätte jemand einen Kübel voll Blut über ihm ausgegossen.

Mit einem Schluchzen fiel ich auf die Knie. Mitten in das Blut, das die Isomatten durchtränkt hatte und nun in Pfützen auf dem Plastik des Zeltbodens stand. Immer wieder wisperte ich leise die Namen, obwohl ich wusste, dass die drei mich nicht mehr hören konnten.

Ein Geräusch hinter meinem Rücken ließ mich aufspringen. Am Ufer des Sees entdeckte ich die Schemen zweier Personen. Sie nahmen mich im selben Augenblick wahr. Ich kniff die Augen zusammen, einer der beiden hielt etwas in der Hand. Den Baseballschläger? Jetzt zeigte er auf mich, dann setzten sich beide gleichzeitig in Bewegung. Ich schluchzte laut auf und rannte los. Tränen strömten mir aus den Augen, verwässerten meinen Blick. Halb blind stolperte ich zurück in den Wald, stolperte über ein Hindernis auf dem Boden und schlug der Länge nach hin. Der Wind wehte eine Stimme an mein Ohr. Schmeichelnd, weich wie Samt, als würde ihr Besitzer ein Kätzchen locken.

»Maike-Schätzchen.«

Mir stockte der Atem.

»Wo steckst du, Maike-Schätzchen?«

Ich rappelte mich vom Boden hoch, hastete in geduckter Haltung weiter. Direkt vor mir schälte sich eine Gestalt aus dem dunklen Grau des Waldes, bewegte sich auf mich zu.

»Da bist du ja!«

Felix.

Einen Schritt von mir entfernt blieb er stehen. Sein Mund verzog sich zu einem Lächeln, bei dem die pure Panik in mir hochwallte.

Ich wich zurück. Felix bewegte sich nicht von der Stelle. Das falsche Lächeln wie festgeklebt auf seinem Gesicht. Ich machte einen weiteren Schritt von ihm weg, prallte gegen ein Hindernis. Mit wild klopfendem Herzen schnellte ich herum. Leander. Wie eine aus Stein gemeißelte Statue stand er da und sah mich unverwandt an. Sein Gesicht zeigte keine Regung, nur in seinen Augen glitzerte es verräterisch.

»Wir hatten schon Sorge, wir hätten dich verloren«, sagte er, klebrige Wärme im Tonfall.

Mein Blick huschte zwischen den beiden hin und her. »Warum tut ihr das?« Meine Frage kaum mehr als ein klägliches Flehen.

Felix verzog den Mund, zuckte mit den Schultern und wandte sich wie ratsuchend seinem Freund zu. »Leander, warum tun wir das?«

»Vielleicht –«, fing Leander an und machte eine Pause, als müsse er sich die weiteren Worte gut überlegen. »Weil wir böse sind, Felix?«

Über meinen Kopf hinweg grinsten die beiden sich an. Mir wurde speiübel, der Boden unter meinen Füßen schwankte, brach schließlich weg. Ich fiel. Hände packten mich unter den Achseln. Meine Füße schleiften über die Erde. Ich öffnete den

Mund und schrie, so laut ich konnte um Hilfe. Meine Stimme überschlug sich.

Sie ließen mich so unvermittelt fallen, dass ich mit dem Gesicht hart auf dem Boden aufschlug. Ich hörte ein lautes Knacken, als würde ein Hund einen Knochen zerbeißen, schmeckte den Modergeruch des Waldbodens auf meiner Zunge. Dann überrollte mich ein gleißender Schmerz, raubte mir fast die Sinne. Eine Hand griff in meine Haare, zerrte mich auf die Beine. Wieder schrie ich, laut und gellend. Felix schlug mir mit der Faust ins Gesicht. In meinem Kopf explodierte der Schmerz. Vor meinen Augen zuckten rote Blitze, dann wurde alles schwarz.

Als ich zu mir kam, war ich an einen Baum gefesselt. In meinem Mund steckte ein Knebel. Das Atmen durch die Nase war beschwerlich und äußerst schmerzhaft. Wahrscheinlich war sie gebrochen. Nur langsam gewöhnten sich meine Augen an die Dunkelheit. Die Stämme der Bäume standen dicht an dicht. Wie ein Heer stummer Soldaten schienen sie mich zu bewachen.

Ich konnte Felix und Leander nicht sehen, doch ich spürte ihre Anwesenheit mit jeder Faser meines Körpers. Ein leises Lachen ertönte. Es ging mir durch Mark und Bein.

»Du hast Glück«, hörte ich Felix sagen. »Das hat sie doch. Oder Leander?«

»Sogar großes Glück«, bestätigte Leander mit seiner samtweichen Stimme. »Wir sind einfach zu gut, Felix.«

»Das sind wir«, bestätigte er.

»Wir lassen dich am Leben.«

»Machs gut, Maike«, sagte Felix.

Ihre Schritte entfernten sich.

Entsetzen breitete sich in mir aus.

Das könnt ihr doch nicht machen, brüllte es in meinem Kopf. Kein Ton kam über meine Lippen.

8

»Frei? Jetzt?« Meine Mutter starrt mich so bestürzt an, dass mein schlechtes Gewissen wie eine Stichflamme auflodert und ich kurz davor bin, einen Rückzieher zu machen. »Ausgerechnet.«

»Bitte. Nur die zwei Tage. Alexander bekommt nur da frei«, flehe ich und schäme mich einmal mehr, dass ich sie anlüge. Ich habe ihr vorgeschwindelt, dass wir uns getroffen und ineinander verliebt hätten. Das schien mir die plausibelste Erklärung. »Das Weihnachtsgeschäft läuft doch erst nächste Woche richtig an.«

Missbilligend verzieht sie den Mund zu einem schmalen Strich. Dennoch kann ich ihr ansehen, dass sie weich wird.

»Bitte«, sage ich noch mal.

»Na gut, ausnahmsweise«, sagt sie mit einem theatralischen Seufzen und schenkt mir gleichzeitig ein Lächeln.

»Danke.« Ich falle ihr um den Hals. »Du bist ein Schatz.«

Sie erwidert meine Umarmung, drückt mir einen feuchten Kuss auf die Wange.

»Wo wollt ihr denn hin, du und Alexander?«

»Das hat er mir nicht verraten«, flunkere ich. »Es soll eine Überraschung werden.«

»Ich wünsche dir ganz viel Spaß, Liebling. Hab eine wunderbare Zeit mit Alexander. Du hast es wirklich verdient.«

Die Röte schießt mir heiß in die Wangen. Beschämt wende ich meinen Blick ab und sehe zu, dass ich aus dem Laden komme. Auf dem Weg nach Hause verdrängt die Nervosität mein schlechtes Gewissen. In Gedanken gehe ich immer wieder die einzelnen Punkte meines Planes durch, versichere mir, dass ich an alles gedacht habe und nichts schiefgehen kann.

An der Seitenscheibe meines altersschwachen Fords klebt schon seit Monaten ein Zu-Verkaufen-Zettel, jetzt bin ich froh, dass sich noch kein Käufer gefunden hat. Ich fahre zur Post und erstehe dort den größten Paketkarton, den sie vorrätig haben. In einem Baumarkt kaufe ich Pflastersteine und Stirnlampen. Den Elektroschocker, das Chloroform und was ich sonst noch so brauche, habe ich gestern über den PC der Buchhandlung im Internet bestellt. Dank Premiumversand wurde mir heute Morgen alles an die Tür geliefert. Die Koordinaten meines Zielortes habe ich ebenso problemlos ermitteln können. Ein Hoch auf die Errungenschaften des Internets.

Als Letztes nehme ich die Pistole meines Vaters aus der Schublade meines Nachttischschränkchens und verstaue sie zusammen mit den Neuanschaffungen im Rucksack. Dann kontrolliere ich noch einmal, ob ich auch nichts vergessen habe. Alles in mir kribbelt vor Aufregung. Ich schlüpfe in meine dicke Daunenjacke, steige in die gefütterten Stiefel und ziehe die Wohnungstür hinter mir zu. Mit einem leisen Knacken rastet das Schloss ein. Ein Gefühl von Wehmut überkommt mich. Mir wird bewusst, dass ich an einem Wendepunkt meines Lebens angekommen bin. Sollte ich hierher zurückkehren, wird nichts mehr so sein, wie es war.

Die Temperaturen sind in den letzten Tagen wieder etwas gestiegen, sodass mir in der dicken Jacke schon nach wenigen Schritten zu warm wird. Ich verstaue den vollgepackten

Rucksack im Kofferraum meines Autos und mache mich zu Fuß zur nahe gelegenen Telefonzelle auf. Meine Hand zittert, als ich die Nummer eingebe. Nach dem dritten Klingeln nimmt jemand ab.

»Ja, bitte?«

Sofort lege ich wieder auf. Er ist da. Mehr muss ich nicht wissen. Es kann losgehen. Ich eile zum Wagen zurück, fahre zweimal um die Ecke und parke dann vor einem türkischen Gemüseladen. Die kleine Seitenstraße ist um diese Uhrzeit wie ausgestorben. Aus dem Grund habe ich sie ausgewählt.

Statt nun zügig auszusteigen, bleibe ich sitzen. Es dämmert bereits. Wie auf Kommando gehen die Laternen an. Die kahlen Bäume am Straßenrand wirken in dem fahlen Licht wie erstarrte mehrarmige Riesen. Mein Herz hämmert. Atme, befehle ich mir stumm. Aber ich schaffe es nicht, gegen die aufsteigende Panik anzuatmen.

Was mache ich, wenn er anders reagiert als erwartet? Vielleicht hat er erkannt, dass ich das Mädchen vom See bin. Womöglich hat er auf so eine Gelegenheit nur gewartet. Er könnte mich in die Wohnung zerren, mich töten. Ich mache mich ganz klein auf dem Sitz.

Die Scheiben sind inzwischen von meinem Atem und meiner Körperwärme komplett beschlagen. Nur gedämpft sickert das Licht der Straßenbeleuchtung ins Wageninnere. Die Angst hat sich als fester Klumpen in meinem Magen eingenistet.

Ich darf ihr nicht nachgeben. Entschlossen richte ich mich im Sitz auf, vergewissere mich, dass der Elektroschocker betriebsbereit ist und alles, was ich brauche, oben in meiner Handtasche liegt, um es sofort greifen zu können. Dann stülpe ich mir die Kapuze über und wickele den Schal um meinen Hals. In letzter Sekunde denke ich dran, den Beifahrersitz ganz nach vorne zu schieben. Ich schließe den Wagen ab und marschiere los.

Wenige Minuten später stehe ich vor dem Haus in der Skalitzer Straße und drücke auf eine der oberen Klingeln. Der Türöffner summt, ohne dass sich jemand über die Gegensprechanlage meldet. Im Haus riecht es nach gebratenem Speck und Katzenpisse. Eine übelkeitserregende Geruchsmelange. Aus einer der oberen Etagen schallt in Stadionlautstärke Rockmusik. Wummernde Bässe, kreischende Gitarren. Am Fahrstuhl hängt das Schild AUSSER BETRIEB. Langsam gehe ich die Stufen hoch und kämpfe gegen die Übelkeit an. Der Riemen der schweren Handtasche schneidet sich schmerzhaft in meine Schulter. Bestimmt werde ich vor Aufregung kein vernünftiges Wort herausbringen. Im dritten Stock angekommen, atme ich ein paar Mal tief durch, klebe mir ein Lächeln ins Gesicht und drücke auf den Klingelknopf.

Es dauert eine Weile, bis ich Schritte von drinnen vernehme und die Tür sich öffnet. Ich habe mich auf die Begegnung vorbereitet und glaubte mich innerlich gewappnet, aber als ich ihm nun von Angesicht zu Angesicht gegenüberstehe, ist es wie ein Schlag ins Gesicht. Ich muss mich zwingen, nicht zurückzuweichen. An dem Aufblitzen in seinen eisgrauen Augen sehe ich, dass er mich erkennt.

»Ja?« Er verschränkt die Arme vor dem Brustkorb und platziert sich mittig in der Türöffnung. Seine gesamte Körperhaltung signalisiert mir, dass ihm mein Besuch ungelegen kommt.

»Hallo, David«, sage ich und hoffe, dass ihm der zittrige Unterton in meiner Stimme nicht auffällt. »Ich bin eine Freundin von Toni. Wir haben uns neulich in dem Café drüben getroffen.«

»Ja. Ich erinnere mich.« David bleibt mit ausdruckslosem Gesicht im Türrahmen stehen und macht keinerlei Anstalten, mich in die Wohnung zu bitten.

Sein Verhalten ist abweisend und steht im krassen Gegensatz zu der Höflichkeit, mit der er mich im Café behandelt hat. Ob es daran lag, dass Toni dabei war? Hat er sich wegen ihr zusammengenommen?

»Erst mal herzlichen Glückwunsch. Toni hat mir ein Foto von eurem Baby geschickt.« Ich quäle mir ein Lächeln ab. »Sehr niedlich.«

»Danke«, sagt er knapp.

»Ich will dich gar nicht lange aufhalten«, sage ich schnell. »Ich habe ein Geschenk für den Kleinen besorgt. Es ist nur verdammt schwer«, ich verziehe den Mund, »und so groß.« Mit den Händen deute ich die Maße an. »Der Aufzug ist außer Betrieb und ich kann es allein nicht hochtragen. Ich dachte, du könntest mir vielleicht helfen. Mein Auto steht direkt um die Ecke. Keine zwei Minuten von hier.« Ich werde bei jedem Wort atemloser. Den letzten Satz bekomme ich kaum noch über die Lippen.

David zieht die Augenbrauen hoch. Seine Stirn legt sich in Falten. Sag ja, bitte, flehe ich stumm, und vertiefe das Lächeln auf meinem Gesicht.

»Es ist gerade ganz schlecht«, sagt er ohne Bedauern in der Stimme und streicht sich eine Haarsträhne aus der Stirn.

»Schade«, sage ich. »Es ist nur: Ich verreise für ein paar Tage, aber wenn's dir jetzt nicht passt –« Ich zucke mit den Schultern. In meine Enttäuschung mischt sich ein vages Gefühl der Erleichterung. Wenn er nicht mitspielt, kann ich es nicht ändern.

»Sorry, ich bin auf dem Sprung«, sagt er.

»Du, kein Problem«, sage ich scheinbar leichthin. »Ich komme einfach wieder, wenn Toni zu Hause ist. Entschuldige die Störung. Schönen Abend noch.« Ich wende mich zum Gehen.

»Warte«, sagt er hinter meinem Rücken. »Ich ziehe mir nur schnell eine Jacke über.«

»Danke«, sage ich automatisch und bleibe im Hausflur stehen, unschlüssig, ob ich mich über seinen plötzlichen Sinneswandel freuen soll. Meine Hände werden feucht vor Nervosität. Es geht los.

»Es kann losgehen.«

Ich zucke zusammen, als seine Stimme unvermittelt hinter mir erklingt und er exakt das ausspricht, was ich gerade gedacht habe.

Den Weg zum Wagen legen wir schweigend zurück. Meine Anspannung wird mit jedem Schritt größer. Aber auch meine Entschlossenheit festigt sich. Verstohlen mustere ich David von der Seite. Er hat keinen Schal um. Nur eine leichte Jacke übergezogen. Das ist gut. Das kommt mir sehr entgegen.

»Hier ist es«, sage ich, als wir am Parkplatz ankommen. Mein Mund ist so ausgetrocknet, dass mir das Sprechen schwerfällt. Der Autoschlüssel entgleitet meinen Händen. David hebt ihn vom Boden auf und reicht ihn mir.

»Das Geschenk liegt auf dem Rücksitz.« Ich nehme den Schlüssel entgegen, ohne mich zu bedanken. »Dummerweise klemmt die linke Tür. Du musst das Paket zu dir rüberziehen.« Ich öffne die Tür auf der rechten Seite.

Er beugt sich ins Wageninnere. Ich greife in meine Tasche und umschließe den Elektroschocker mit der Hand. David streckt die Arme aus, bekommt das Paket, wie ich gehofft hatte, nicht richtig zu packen.

»Mist, verfluchter«, knurrt er und wirft mir über die Schulter hinweg einen vernichtenden Blick zu, den ich mit einem entschuldigenden Lächeln und einem Achselzucken quittiere.

Er kniet sich auf den Sitz. Ich sehe mich um. Kein Mensch zeigt sich auf der Straße.

»Was ist denn da drin?« Er versucht, das Paket mit beiden Händen zu sich zu ziehen. »Steine?«, fragt er und trifft damit den Nagel auf den Kopf.

»Warte, ich helfe dir«, sage ich und quetsche mich neben ihn.

Bevor David reagieren kann, habe ich den Elektroschocker auf seinen Hals gesetzt und aktiviert. Das Knistern, das klingt, als würden Haare in Flammen aufgehen, geht mir durch und durch. Ich zittere am ganzen Körper und bete, dass nicht ausgerechnet jetzt jemand vorbeikommt. Davids Gesicht verzerrt sich. Er schreit. Damit habe ich nicht gerechnet. Adrenalin flutet meine Blutbahnen. Ich drücke das Gerät fester gegen seinen Hals, werfe durch die Scheiben einen hektischen Blick auf die Straße. Sie sind immer noch beschlagen, ich kann nichts sehen.

Endlich verstummt David. Zehn Sekunden, steht in der Bedienungsanleitung, dann schaltet sich der Elektroschocker automatisch ab. Mit der freien Hand hangele ich nach dem Klebeband, das ich in der Ablage zwischen den beiden Vordersitzen bereitgelegt habe. Als ich die Rolle wie einen Armreif um mein Handgelenk schiebe, geht das Gerät aus. Ich lasse es achtlos fallen und umwickele Davids Fußknöchel mit Klebeband. Jetzt muss alles ganz schnell gehen. Noch lähmt der Schock sein Reaktionsvermögen. Er hängt zusammengekrümmt auf dem Sitz. Die Beine im Fußraum, den Kopf gegen das Paket gepresst. Ein Speichelfaden rinnt aus seinem Mundwinkel. Ich zerre seine Arme auf den Rücken und schlinge das Tape mehrmals um seine Handgelenke. Umständlich fummele ich die Flasche Chloroform und einen Lappen aus meiner Tasche, tränke den Stoff mit der Flüssigkeit und presse ihn David auf Mund und Nase. Er gibt erstickte Laute von sich, zappelt, als hätte er einen epileptischen Anfall. Nach einer gefühlten Ewigkeit erschlafft sein Körper endlich.

Ich bin schweißgebadet, als ich steifbeinig aus dem Auto klettere. Davids Füße dränge ich in den Innenraum zurück und schlage die Tür zu. Mit dem Handrücken wische ich mir den Schweiß von der Stirn. Geschafft.

»Was machst du denn da?«

Ich friere mitten in der Bewegung ein.

9

Wie in Zeitlupe drehe ich mich um. Ein kleiner Junge, höchstens sieben oder acht Jahre alt, von der Kälte gerötete Wangen, Wollmütze auf dem Kopf, versucht, an mir vorbei ins Wageninnere zu linsen. Rasch mache ich einen Schritt zur Seite und versperre ihm die Sicht.

»Wo ist denn deine Mama?«, frage ich mit meiner strengsten Stimme.

»Die ist bei Opa Albert.« Er zeigt mit der Hand, die in einem braunen Fäustling steckt, vage auf die andere Straßenseite. »Hast du den Mann da drin totgemacht?« Der Junge verrenkt sich jetzt fast den Hals, um etwas sehen zu können.

Bevor ich mir eine Antwort zurechtlegen kann, höre ich das Klappern von Absätzen auf dem Pflaster. Eine Frau eilt quer über die Straße auf uns zu.

»Entschuldigen Sie bitte.« Ein flüchtiger Blick zu mir, dann packt sie den Kleinen am Arm und zerrt ihn von mir weg. »Ich habe dir doch schon tausend Mal gesagt, dass du keine fremden Leute ansprechen sollst«, schimpft sie, während sie den sich sträubenden Jungen mit sich zieht.

»Mama, die Frau hat den Mann da –«

Ich umrunde den Wagen und steige auf der Fahrerseite ein. Im Rückspiegel registriere ich, dass die Frau stehen geblieben ist und zu mir herschaut.

Meine Hände umklammern das Lenkrad. *Bleib ganz ruhig.* Irgendwie gelingt es mir, den Zündschlüssel zu drehen und den Wagen zu starten. Beim Ausparken übersehe ich ein herannahendes Auto und baue beinahe einen Unfall. Bremsen quietschen, eine Hupe kreischt. Ich hebe in einer entschuldigenden Geste die Hand und fahre weiter. Nur weg von hier. Raus aus der Stadt.

Erst jetzt wird mir so richtig klar, was das gerade für eine Kamikaze-Aktion war. Das hätte böse danebengehen können. Ganz so gut durchdacht, wie ich geglaubt habe, ist mein Plan wohl doch nicht. Mein Puls will sich gar nicht mehr beruhigen.

Ich schalte das Navigationsgerät ein, die Route habe ich gestern Abend schon programmiert. Leider kann ich mit dem Wagen nicht direkt bis zum Zielort fahren, das letzte Stück werden wir durch den Wald zu Fuß zurücklegen müssen. Das macht mir am meisten Sorgen.

Es dauert eine gute Dreiviertelstunde, bis ich die Stadt hinter mir gelassen habe. Als ich auf die Autobahn fahre, platschen die ersten Tropfen auf die Windschutzscheibe, wenige Sekunden später trommelt der Regen wie Maschinengewehrsalven auf das Autodach. Das Thermometer zeigt eine Außentemperatur von drei Grad an. Hoffentlich wird es nicht noch kälter. Eine spiegelglatte Fahrbahn ist das Letzte, was ich jetzt gebrauchen kann. Im Rückspiegel beobachte ich, dass David immer unruhiger wird. Sein Kopf zuckt hin und her. Er stößt Laute aus, die wie ein leises Grunzen klingen. Noch ist er nicht bei vollem Bewusstsein, doch die Wirkung des Chloroforms wird sicher bald nachlassen. Ich gebe etwas mehr Gas.

Die Scheibenwischer schrappen hektisch über die Windschutzscheibe. Ein LKW überholt mich, die Gischt prasselt auf die Scheibe, nimmt mir für Sekunden die Sicht. Ich bin froh, dass ich die Autobahn an der nächsten Ausfahrt verlassen kann. Laut Navi dauert es noch eine Viertelstunde, bis wir am Ziel sind. Eine dunkle Wand aus eng stehenden Bäumen säumt die nass glänzende Landstraße. In den Schlaglöchern haben sich riesige Pfützen gebildet.

Mein unfreiwilliger Begleiter auf dem Rücksitz stöhnt mittlerweile in immer kürzeren Abständen. Bestimmt wird er bald aufwachen. Er ist gefesselt, stellt also keine Gefahr für mich dar. Dennoch beschleunigt die Aufregung meinen Herzschlag.

So unvermittelt der Regen eingesetzt hat, hört er wieder auf. In das Röhren des altersschwachen Motors tönt die weibliche Navi-Stimme mit der Information, dass ich das Ziel in sechshundert Metern erreichen werde. Ist es wirklich schon hier? Ich beuge mich übers Lenkrad und starre durch die Frontscheibe. Die Gegend kommt mir fremd vor. Was allerdings auch nicht weiter verwunderlich ist. Es ist über fünfzehn Jahre her, dass ich hier war, das letzte Mal zusammen mit der Polizei. Zur Tatortbesichtigung. Danach hätten mich keine zehn Pferde mehr an diesen Ort gebracht. Ich erinnere mich aber, dass ein schmaler Pfad vom Parkplatz zum See führte. Hoffentlich ist der Weg inzwischen nicht vollständig zugewachsen. Dann habe ich ein Problem.

»Sie haben das Ziel erreicht«, reißt mich die Stimme des Navis aus meinen Gedanken.

Gleichzeitig mit der Ansage entdecke ich das Parkplatzschild. Ich steuere den Wagen von der Straße und halte auf der vorgezeichneten Fläche. Außer mir parkt niemand hier. Nach einem kurzen Blick zu David, er hat die Augen geschlossen, nur in seinem Gesicht zuckt es, nehme ich die Taschenlampe aus dem Handschuhfach und steige aus. Die feuchte Kälte kriecht mir sofort unter die Kleidung. Mein Atem kondensiert zu einer kleinen Wolke.

Auf der Straße nähert sich ein Auto mit aufgeblendeten Scheinwerfern, Schatten huschen über den Boden. Der Lichtstrahl streift über die blätterlosen Büsche am Rand des Platzes, lässt sie wie verkrüppelte Gerippe erscheinen. Dahinter stößt mein Blick auf die undurchdringliche Schwärze des Waldes. Der Wagen rast vorbei.

Ein Rascheln, ganz in meiner Nähe, gefolgt von einem lauten Knacken. Schleicht da jemand rum? Ich lasse den Lichtkegel der Taschenlampe wandern. Da ist niemand, natürlich nicht. Dennoch fühle ich mein Herz bis in die Schläfen pochen. Rechter Hand entdecke ich den Pfad. Es ist nur eine schmale Schneise, aber er ist begehbar. Ein gutes Omen.

Ich hebe den Rucksack aus dem Kofferraum und entnehme ihm die beiden Stirnlampen. Eine davon lege ich mir an, schalte sie ein und öffne dann die rechte Hintertür. David ist bei Bewusstsein, dreht den Kopf und blinzelt ins Licht. Seine Mimik ist seltsam starr. Mit leerem Blick schaut er mich an, es liegt kein Erkennen darin.

Aber ich erkenne ihn. Mit einer Deutlichkeit, die mir wie ein Stromschlag durch den Körper fährt und die jeden noch vorhandenen Zweifel endgültig ausräumt. Die Aknenarben auf seinen Wangen, die blonden Haarsträhnen, die ihm ins Gesicht fallen. Die kalten grauen Augen.

David ist der, der sich damals Leander genannt hat. Dieses Mal habe ich den Richtigen.

In meinem Kopf läuft in rasender Geschwindigkeit ein Film ab, der im Sommer des Jahres 2003 auf diesem Parkplatz seinen Anfang nahm. Damals glaubte ich, der glücklichste Mensch auf der Welt zu sein. Ich war mit Paul zusammen. Michaela & Paul. Das hätte ich an dem Tag, umrahmt von einem Herz, gern in die Rinde eines Baumes geritzt. Doch dazu kam es nicht mehr.

2003

Selbst für Mitte Mai war es ein außergewöhnlich warmer und sonniger Tag gewesen. Paul und ich liefen Hand in Hand den schmalen Pfad entlang, blieben alle paar Meter stehen, umarmten und küssten uns. Ich war so verliebt, dass ich das Gefühl hatte, bersten zu müssen vor Glück. Manchmal konnte ich es noch immer nicht fassen: Ausgerechnet mich hatte er zu seiner Freundin auserkoren. Immerzu musste ich ihn berühren, seinen Körper an meinem spüren, als könnte ich mir nur dadurch beweisen, dass das alles kein Traum war.

»Dieser Ort ist magisch, er gehört nur dir und mir«, flüsterte er mir ins Ohr, als wir an dem kleinen See ankamen, der versteckt in einer von Bäumen umgebenen Lichtung lag.

Er breitete eine Wolldecke im Sand des Ufers aus und entkorkte eine Flasche Champagner. Beides hatte er in seinem Rucksack mitgebracht. Ich trank eigentlich nie Alkohol, er schmeckte mir einfach nicht, aber ich wollte Paul nicht enttäuschen. Wir tranken abwechselnd aus der Flasche und ich kicherte ständig, weil die perlende Flüssigkeit meinen Gaumen kitzelte.

»Du bist so süß, Michaela«, sagte Paul und zog mich ganz nah an sich.

Wir küssten uns immer leidenschaftlicher. Ich spürte seine Hände unter meinem T-Shirt warm auf der Haut. Er begann, sanft meine Brüste zu streicheln. Ich wollte ihn so sehr, dass es wehtat, und drängte mich näher an ihn.

»Ist es dein erstes Mal?«, flüsterte er und schob behutsam meinen Rock ein Stück höher. Ich nickte verschämt.

»Ich werde ganz vorsichtig sein«, versprach er flüsternd, während er mit den Fingerspitzen über die Innenseite meiner Schenkel fuhr. Ein Schauer rieselte über meinen Körper. Ich stöhnte leise, als seine Hand unter den Bund meines Slips kroch.

Mein Körper bebte vor Lust, ich konnte es kaum erwarten, bis Paul den Reißverschluss seiner Jeans geöffnet hatte, und zerrte am Stoff seiner Hose. Er lachte, ließ von mir ab und zog sie aus. Schnell streifte ich meinen Slip ab. Paul kniete sich über mich, ich reckte mich ihm entgegen. Wir sahen uns unverwandt an.

»Ich liebe dich«, sagte er und drang vorsichtig in mich ein.

Der Schmerz war kurz und heftig. Ich biss die Zähne zusammen. *Das erste Mal tut immer weh.* Paul keuchte, bewegte sich immer schneller in mir. Plötzlich stieß er einen gutturalen Laut aus und sackte auf mir zusammen. Ich war etwas überrascht, dass es schon vorbei war. Sein Atem streifte heiß meinen Hals, sein Körper wurde weich, schmiegte sich eng an mich. Die Enttäuschung, dass das jetzt alles gewesen sein sollte, wandelte sich, machte einem Gefühl der Zärtlichkeit Platz. Ich strich über sein verschwitztes Haar und küsste ihn zärtlich auf die Stirn. So viel Liebe hatte ich noch für keinen anderen Menschen empfunden.

»Ich liebe dich so sehr«, flüsterte ich.

»Ich dich auch«, sagte Paul und stemmte sich vom Boden hoch.

Augenblicklich wurde mir kalt. Merkwürdigerweise fühlte ich so etwas wie Scham in mir aufsteigen. Wir zogen uns schweigend an und gingen zum Parkplatz zurück. Auf dem Weg dahin wich mein Hochgefühl einer bangen Sorge. Hatte ich was falsch gemacht? Ich traute mich nicht, ihn danach zu fragen. Er wirkte mit einem Mal so unnahbar.

Paul fuhr mich nach Hause, küsste flüchtig meine Wange und versprach, sich bei mir zu melden. Ich wartete vergeblich auf einen Anruf. Schließlich rief ich ihn an. Aber ich bekam jedes Mal nur Juli an die Strippe, die behauptete, ihr Bruder sei nicht da.

Zwei Tage später sah ich ihn nach der Schule Hand in Hand mit Maike. Ich war fassungslos. Er hatte doch gesagt, dass er sich von ihr getrennt habe, weil er mich liebt. Ich ging auf die beiden zu, wollte ihn zur Rede stellen, aber als mich sein kalter Blick traf, verließ mich der Mut.

Eine Klassenkameradin steckte mir später, dass Paul sich auf einer Party damit gebrüstet hatte, er würde jede Jungfrau knacken. Wie hoch der Wetteinsatz war, wusste sie nicht, nur dass die Wahl auf mich gefallen war. Bestimmt hatte die Geschichte schon die Runde gemacht und alle machten sich hinter meinem Rücken lustig über mich.

Paul hatte mich benutzt. Die Erkenntnis sickerte nur tröpfchenweise in mein Bewusstsein. Ich wollte ihn hassen und konnte es nicht. Vielleicht hatte er sich ja doch in mich verliebt und wollte es sich, aus welchem Grund auch immer, nur nicht eingestehen. Die leise Hoffnung, dass das alles ein großes Missverständnis war, hielt sich hartnäckig. Dieser kleine Funke, der noch immer in mir glomm, wollte einfach nicht erlöschen.

Der Hass kam aber erst viel später.

10

Der Klingelton meines Handys katapultiert mich in die Gegenwart. Automatisch greife ich in meine Jackentasche. Sicher ist es meine Mutter. Außer ihr ruft mich selten jemand an, und sie ist die Letzte, mit der ich jetzt sprechen möchte. Sie würde mir sofort anmerken, dass etwas nicht stimmt. Ein Blick auf das Display bestätigt meine Vermutung. Ich drücke den Anruf weg und stopfe das Handy in die Tasche zurück.

»Steig aus«, fordere ich David auf.

Er regt sich nicht, starrt mich nur an. Ist das Angst in seinen Augen? Oder Benommenheit? Ich zerre die Pistole aus dem Rucksack, richte sie auf ihn und wiederhole meinen Befehl.

Ohne den Blick von mir zu nehmen, robbt er auf dem Sitz bis zur Türöffnung und hebt die Beine aus dem Wagen. Es kostet mich Überwindung, seinen Oberarm zu packen und ihm ins Freie zu helfen. Leicht schwankend bleibt er neben der offenen Autotür stehen. Vorsichtshalber trete ich zwei Schritte zurück.

»Auf die Knie!«

Er versucht, meinem Befehl Folge zu leisten, schafft es aber nur, die Knie zu beugen.

»Weiter geht es nicht«, sagt er mit gepresster Stimme. »Die Fesseln.«

»Bleib so.« Ich stecke die Waffe in meine Jackentasche, trete hinter ihn und lege ihm die Stirntaschenlampe an. Er zuckt zusammen, hält aber still.

»Du kannst hochkommen.« Ich nehme die Pistole wieder zur Hand.

»Was soll das? Was willst du von mir?« Die letzten Worte gehen in einem Husten unter.

Ich warte, bis er sich gefangen hat.

»Sommer 2003«, sage ich.

»Sommer 2003?«, wiederholt er. In seiner Stimme klingt Verständnislosigkeit an.

»Sommer 2003«, bestätige ich.

Er schaut mich fragend an, aber ich sehe das verräterische Flackern in seinen Augen. Er weiß ganz genau, wovon ich spreche.

»Ich habe nicht die geringste Ahnung, was du meinst«, lügt er. Sein Blick hetzt über den dunklen Parkplatz, als suche er nach einer Fluchtmöglichkeit.

»Vielleicht fällt es dir ja auf dem Weg zum See wieder ein.« Mit der Waffe deute ich nach rechts. »Da geht's lang.«

Er dreht den Kopf in die Richtung. »Wie stellst du dir das vor?« Er senkt den Blick auf seine gefesselten Fußknöchel.

Er hat recht, so wird er nicht weit kommen. Das habe ich nicht bedacht. Wortlos befreie ich ihn von dem Klebeband. Es ist etwas mühsam nur mit einer Hand, aber ich will die Waffe nicht beiseitelegen.

Ich habe mich kaum aufgerichtet, da wirbelt er herum. Den Tritt sehe ich kommen, aber ich schaffe es nicht, ihm auszuweichen. Sein Fuß trifft mich in den Bauch. Ich kippe nach hinten weg, der Schmerz nimmt mir den Atem. Nach Luft ringend versuche ich, wieder auf die Beine zu kommen, halte dabei krampfhaft die Pistole umklammert. Schon ist er neben mir. Das Licht seiner Stirnlampe blendet mich. Instinktiv rolle ich zur Seite. Sein nächster Fußtritt geht ins Leere. Er kommt ins Straucheln. Ich rapple mich hoch und ramme ihm den Lauf der Pistole an die Stirn.

»Noch so eine Nummer«, stoße ich zwischen zwei Atemzügen hervor, »und du bist tot.«

»Du wirst mich nicht erschießen«, keucht er.

»An deiner Stelle würde ich es nicht darauf ankommen lassen.« Ich verstärke den Druck der Waffe auf seiner Stirn. Wir starren uns an. Ich muss mich dazu zwingen, seinem Blick standzuhalten. Er soll nicht glauben, dass ich Angst vor ihm habe.

Das Motorgeräusch eines sich schnell nähernden Autos durchbricht die Stille. Adrenalin durchflutet mich.

»Mach schon«, sage ich im Befehlston. »Du gehst voraus.«

Er bewegt sich nicht, schaut mich unverwandt an. Herausforderung im Blick.

»Wenn der Wagen hier hält, erschieße ich erst die Leute und dann dich.«

David verzieht keine Miene.

Das Licht der Scheinwerfer erreicht die kahlen Büsche, die den Parkplatz von der Landstraße abgrenzen. Unwillkürlich halte ich den Atem an. Ich spüre Davids Anspannung fast ebenso deutlich wie meine Angst.

Fahr weiter. Bitte fahr weiter.

Das Auto rauscht vorbei.

»Noch mal Glück gehabt«, sage ich erleichtert und genieße die Enttäuschung, die David deutlich im Gesicht geschrieben steht.

Er schnaubt.

»Können wir dann jetzt gehen?«, frage ich betont liebenswürdig.

David wirft mir einen hasserfüllten Blick zu und marschiert los. Ich eile ihm hinterher.

»Denk immer dran, ich bin direkt hinter dir«, sage ich. »Falls du versuchen solltest, zu fliehen, schieße ich sofort. Und glaub mir, das ist keine leere Drohung.«

Schweigend tappen wir über den vom Regen aufgeweichten Pfad. Unsere Stirnlampen schneiden eine schmale Lichtschneise in die Dunkelheit. Es riecht intensiv nach nasser Erde. Der Boden ist bedeckt mit vermodertem Laub und so matschig, dass ich ein paar Mal ausrutsche. Der Himmel über uns zeigt ein undurchdringliches Schwarz. Dadurch verstärkt sich der Eindruck, dass wir uns durch einen beklemmend engen Tunnel bewegen.

Mein Handy gibt schon wieder Laut. Ich hangele es aus der Jacke, um es auszuschalten. Das Gerät entgleitet meinen Fingern und landet im nassen Laub auf dem Boden. In einem spontanen Reflex bücke ich mich danach. Aus den Augenwinkeln registriere ich eine Bewegung und schaue hoch. David beginnt, zu rennen.

11

Ich grapsche nach dem Handy, registriere Alexanders Namen auf dem Display und stopfe es, feucht und schmutzig wie es ist, zurück in die Jackentasche. Dann sprinte ich David hinterher. Wo ist er? Gerade habe ich das Licht seiner Stirnlampe noch aufblitzen sehen. Jetzt ist es von der Dunkelheit verschluckt. Ich renne weiter, die Waffe im Anschlag.

Der Pfad wird breiter und macht eine Biegung. Unvermittelt reißt der wolkenverhangene Himmel auf. Kaltes Mondlicht ergießt sich über den See, der wie aus dem Nichts vor mir auftaucht. Die Wasseroberfläche ist glatt und schwarz, wirkt wie ein Tuch, das sich über einen unergründlichen Abgrund spannt. Ich stoppe. Nur mit Mühe kann ich mich von dem Anblick losreißen, um Ausschau nach David zu halten. In geduckter Haltung schwankt er am Ufer des Sees entlang, als wäre er betrunken. Ich laufe los. Er hört mich kommen, wirft einen Blick über die Schulter, hastet weiter. Ich hole auf, bin ihm bereits so nah, dass ich seinen keuchenden Atem hören kann.

»Stehen bleiben oder ich schieße«, rufe ich.

David stoppt augenblicklich.

Ich hebe die Waffe, stolpere über ein Hindernis und lande bäuchlings auf der Erde. Benommen hebe ich den Kopf.

David steuert auf mich zu.

Ich will mich aufrichten, doch ein stechender Schmerz in meiner Kniescheibe lässt mich zurück auf den Boden sacken. Wo ist die Waffe? Sie muss mir bei dem Sturz aus der Hand gerutscht sein. Mein Blick irrt im Licht der Stirnlampe hin und her. Da, vor mir. Ich greife danach.

Ein Geräusch lässt mich aufschauen. David. Blitzschnell ziehe ich die Hand zurück. Der Fußtritt verfehlt meine Finger nur knapp. David stößt einen Wutschrei aus. Ich rolle mich auf den Rücken. Schon ist er neben mir, beugt sich über mich. Ich trete ihm, so fest ich kann, in den Unterleib. Er jault auf vor Schmerz, taumelt weg von mir, geht in die Knie.

Unter Schmerzen wuchte ich mich vom Boden hoch und nehme die Waffe wieder an mich. David kniet in gebückter Haltung im Sand und hechelt. Ich humpele zu ihm.

»Hoch mit dir.«

Er versucht, auf die Beine zu kommen, die Anstrengung verzerrt seine Gesichtszüge. Ungerührt sehe ich dabei zu, wie er sich abmüht. Es gefällt mir, ihn so hilflos zu sehen, stelle ich zu meiner eigenen Überraschung fest. Ich genieße es geradezu.

»Schau dich um«, sage ich, als er schließlich schwankend zum Stehen kommt. »Sieh dir das alles hier ganz genau an.«

David dreht den Kopf hin und her, das Licht seiner Stirnlampe fährt durch die Dunkelheit wie ein Suchscheinwerfer.

»Kommt dir nichts bekannt vor?«

Er schüttelt den Kopf. Seine Augen verraten ihn. Er lügt.

»Du bist noch nie hier gewesen?«, hake ich nach.

»Nein, verdammt noch mal«, keucht er.

Er ist ein guter Schauspieler. Das muss man ihm lassen. Mir kann er allerdings nichts vormachen.

»Okay, du willst es nicht anders«, sage ich und dirigiere ihn mit der Waffe nach rechts in den Wald hinein.

Da es keinen Weg gibt, müssen wir uns durch das Gestrüpp des Unterholzes kämpfen. David hat sichtlich Mühe, sein

Gleichgewicht zu halten, kommt immer wieder ins Stolpern. Entsprechend langsam geht es voran. Der Mond hat sich hinter einer Wolke verkrochen. Unsere Stirnlampen schneiden Lichtkegel in die Dunkelheit. Ich drehe mich ständig um, weil ich das Gefühl habe, dass jemand hinter uns ist. Vermutlich leide ich jetzt auch noch unter Verfolgungswahn.

»Stopp«, sage ich, als wir eine kleine Lichtung erreicht haben. Ich bin nicht ganz sicher, ob wir hier tatsächlich richtig sind. Doch das spielt im Grunde keine Rolle. »Bleib so.«

Ich stelle den Rucksack auf dem Boden ab und nehme die Fußschellen heraus.

»Zu dem Baum da. Mit dem Rücken zu mir.«

»Was hast du vor?« In Davids Stimme schwingt jetzt eindeutig Panik mit.

»Kannst du dir das nicht denken?«, frage ich. »Es müsste dich doch an etwas erinnern.«

»Nein«, schreit er.

Völlig unerwartet schnellt er herum, macht einen Satz und wirft sich auf mich. Ich springe zur Seite. David fällt dicht neben mir zu Boden. Mit dem Gesicht schlägt er hart auf der Erde auf. Ein hässliches Knacken ist zu hören.

Mit einem erneuten Angriff hatte ich nicht gerechnet. Ich brauche einen Augenblick, um mich von dem Schreck zu erholen. David rührt sich nicht. Ich tippe ihm mit dem Fuß in die Seite. »Los, mach schon. Steh auf.«

Er zeigt keine Reaktion. Liegt da wie tot. Spielt er mir was vor? Diesmal trete ich richtig zu. Nichts. Nach kurzem Zögern lege ich die Waffe weg und gehe neben ihm in die Hocke. Ich schiebe beide Hände unter seinen Körper und versuche, ihn auf den Rücken zu drehen. Er ist schwerer, als ich gedacht habe. Ich brauche mehrere Versuche, bis ich es endlich schaffe. Die Stirnlampe hat den Sturz erstaunlicherweise heil überstanden.

Wie ein drittes Auge leuchtet sie mir entgegen. Davids Lider sind geschlossen, aus der Nase fließt Blut. Ich beuge mich vor, horche auf seinen Atem. Er ist flach, aber gleichmäßig. Jetzt gibt er einen Laut von sich, der wie ein Stöhnen klingt. Seine Augenlider flattern. Er kommt zu sich.

»Was … Wie …« Benommen starrt er mich an.

»Willkommen zurück in deinem höchstpersönlichen Albtraum«, sage ich.

»Meine Nase«, jammert er. »Was ist mit meiner Nase?«

Er hebt stöhnend den Oberkörper, sackt auf den Boden zurück und setzt sofort wieder an, sich aufzurichten. Nach einem weiteren Versuch sitzt er aufrecht auf dem Boden, die Beine von sich gestreckt. Er sieht schlimm aus. Das Gesicht ist blutverschmiert, die Nase zu einem unförmigen brandroten Klumpen angeschwollen. Die Haare kleben verschwitzt an seiner Stirn.

»Weiter komme ich nicht«, ächzt er. Sein Atem rasselt.

»Winkle deine Beine an und stemme die Füße fest auf die Erde.« Ich greife von hinten unter seine Achseln, stütze mit meinem Körper seinen Rücken. »Jetzt.« Mit aller Kraft wuchte ich David hoch.

»An den Baum da. Mit dem Gesicht zum Stamm.«

Mit hängenden Schultern befolgt er meine Anweisungen.

»Erinnerst du dich immer noch nicht?«

»Nein, ich habe keine Ahnung, was du von mir willst.« Seine Stimme ist so dünn, dass ich ihn kaum verstehen kann. Ich höre ihn schluchzen.

Ob er tatsächlich glaubt, dass er mich mit Tränen erweichen kann? Das sollte er inzwischen eigentlich besser wissen. Ich lege die Fußschellen um seine Knöchel, mit einem leisen Klicken schnappen sie zu. Er lässt es ohne die geringste Gegenwehr geschehen. Sein Kampfgeist scheint erloschen zu sein.

»Umdrehen.«

Ich sehe zu, wie er sich mit kleinen Schritten dreht, bis wir uns gegenüberstehen.

Irgendwo, ganz in unserer Nähe, erklingt der heisere Ruf einer Eule. Ein heftiger Wind ist aufgekommen, rüttelt an den Ästen der Bäume. Ich bin so vollgepumpt mit Adrenalin, dass ich keine Kälte spüre. Im Gegenteil. Ich habe das Gefühl, von innen heraus zu glühen.

»Du bist wahnsinnig«, krächzt David.

»Gut möglich, David-Schätzchen.« Ich nehme die Rolle mit dem Klebeband zur Hand.

Seine Augen weiten sich. Er starrt mich an, als wäre ich eine Erscheinung aus einer anderen Welt. Wahrscheinlich wird ihm jetzt erst richtig klar, was ich mit ihm vorhabe.

»Hilfe«, schreit er plötzlich. »Hilfe.«

»Spar dir deinen Atem«, sage ich. »Hier bekommt keiner deine Hilferufe mit.«

»Was willst du von mir hören?«, fragt David, ein Flehen in der Stimme.

Ich schüttle den Kopf. »So läuft das nicht.«

Davids Brustkorb hebt und senkt sich in einem schnellen Rhythmus. Er hat Todesangst. Ich kann es riechen. Jede Pore seines Körpers dünstet sie aus.

»Vielleicht bin schon mal hier gewesen und habe es nur vergessen.« Er spuckt den Satz aus, als müsse er sich zu jedem einzelnen Wort durchringen.

»Vergessen?«, höhne ich.

»Ja, vergessen«, stößt er hervor.

»Dann versuch, dich zu erinnern.«

Ein gequälter Ausdruck erscheint auf seinem geschundenen Gesicht. »Ja. Ich war schon mal hier.«

»Und wie weiter?«

»Ich habe es getan«, sagt er schnell.

»Was hast du getan?«

Unvermittelt schleicht sich etwas Listiges in seine Miene. Seine Augen werden ganz schmal. »Dir ist klar, dass dir ein erzwungenes Geständnis wenig nützt. Die Polizei wird –«

»Die Polizei interessiert mich nicht«, unterbreche ich ihn. »Du wirst hier sterben. Ob du gestehst oder nicht.«

2003

Ich hatte erst vor Kurzem den Führerschein gemacht und Mutter überredet, mir ihr Auto zu leihen. Mit heruntergekurbelten Seitenfenstern jagte ich über die Landstraße, ließ mir vom Fahrtwind die Haare zerzausen, atmete den Staub ein, der von den trockenen Feldern ins Wageninnere wehte, und sang laut und falsch den Song mit, den ich seit Tagen rauf und runter hörte. *Spending my time* von Roxette. Die CD hatte ich, auf der Suche nach geeigneter Musik für meinen Liebeskummer, im Regal meiner Mutter entdeckt. Der Liedtext gab haargenau meine verletzten Gefühle wieder.

Ich wusste, dass Paul und die anderen zu einer Radtour an einen Brandenburger See aufgebrochen waren. Ich würde es nicht verkraften, wenn er mit ihnen, wie ich befürchtete, an *unseren* See geradelt war. Aber ich musste es wissen. Es war wie ein Zwang.

In Tränen aufgelöst kam ich auf dem Parkplatz an, von dem aus Paul und ich zum ersten und gleichzeitig letzten Mal zu dem See aufgebrochen waren. Wenn ich drohte, mich umzubringen, würde er dann endlich begreifen, dass ihn keine andere Frau jemals so lieben würde wie ich? Würde er sich dann seiner Liebe zu mir endlich bewusst werden? Ich hängte mir meine Tasche über die Schulter und stieg aus.

Im Ohr seine zärtlichen Worte, *ich liebe dich, Michaela,* lief ich den schmalen Pfad entlang. Unterwegs focht ich immer wieder stumme Kämpfe mit mir aus. Mein Verstand riet zur Umkehr, mein Gefühl sträubte sich mit aller Macht. Paul würde fortgehen. Nach Paris. Für mich war das gleichbedeutend mit dem Ende der Welt. Ich würde ihn womöglich nie wiedersehen. Der Gedanke brach mir das Herz.

Paul liebt dich nicht. Kapier das endlich. Kehr um. Ständig schwirrten mir diese Sätze durch den Kopf. Ich schluchzte laut auf, ging trotzdem weiter. Ich liebte Paul, aber ich hasste ihn auch dafür, wozu diese Liebe mich trieb.

In der Ferne hörte ich ihr ausgelassenes, fröhliches Gelächter. Beim Näherkommen glaubte ich, Pauls Stimme zu erkennen. Hatte er gerade meinen Namen genannt?

Sie lachen über dich, wisperte eine Stimme in meinem Hinterkopf. *Spotten über deine Naivität. Deine Dämlichkeit.*

Mein Inneres zog sich schmerzhaft zusammen. Vielleicht erzählte er den anderen gerade in allen Einzelheiten, was wir am Ufer des Sees miteinander getrieben hatten. Dass ich seitdem mehrmals am Tag bei ihm anrief und Liebesschwüre auf dem Anrufbeantworter hinterließ. Das wäre ein Verrat, den ich ihm nie verzeihen könnte.

Die Sonne stand tief und tauchte die Umgebung in weiches goldenes Licht. Eine Windbö fuhr durch die Baumkronen und kräuselte die Wasseroberfläche des Sees. Doch ich hatte nur einen flüchtigen Blick für diese Idylle. Ich blieb stehen, beschattete mit der Hand die Augen. Wo waren sie? Ich hatte doch gerade noch ihre Stimmen gehört. Oder hatte ich mir das nur eingebildet?

Die Fahrräder standen an zwei Bäume gelehnt, eins lag wie achtlos hingeworfen auf dem Boden. Von Paul und seinen Freunden keine Spur. In meinem Bauch machte sich ein ungutes Gefühl bemerkbar. Hier stimmte was nicht.

Etwas abseits, im Schatten zweier Kastanien, entdeckte ich die Zelte. Ob sie da drin waren? Ich lief darauf zu, stolperte über einen Ast am Boden, fing mich wieder.

Was war das da vor mir? Ein helles Fellbündel, umschwirrt von dicken, grün schillernden Fliegen. Ich erschrak. Das war ein Hund. Corky? Er lag auf der Seite, die Läufe von sich gestreckt. Unter dem Kopf hatte sich eine Blutlache gebildet. Schlagartig wurde mir klar, dass etwas Schreckliches passiert war. Alles in mir drängte, so schnell wie möglich zu verschwinden. Doch ich drückte den Fluchtimpuls weg. Vielleicht brauchten Paul und die anderen meine Hilfe. Zögernd wagte ich mich näher heran.

Ein nackter Fuß mit rot lackierten Nägeln ragte aus einem der Zelte heraus. Ich schob mit einer Hand die Zeltplane beiseite. Es knackte laut. Ganz in meiner Nähe. Ich zuckte zusammen, richtete mich auf. Jetzt wieder. Da kam jemand. Ich versteckte mich hinter dem Zelt und lauschte mit klopfendem Herzen.

Es blieb still. Wahrscheinlich hatte ich nur das Stöhnen eines morschen Baumastes gehört. Ich wollte mich schon erheben, da vernahm ich leises Knistern, als würde jemand auf vertrocknetes Gras treten. Rasch ging ich wieder in Deckung, hielt automatisch den Atem an. Schritte näherten sich. Vor dem Zelt stoppten sie. Ich legte mir beide Hände auf den Mund, um jeden verräterischen Laut zu ersticken. Eine Weile war nur das leise Rascheln der Bäume zu hören. Dann gellte ein Schrei durch die Stille. Mir blieb fast das Herz stehen.

Ich hörte ein Flüstern. Die Stimme einer Frau? Sie wisperte Pauls Namen. Wieder und wieder flüsterte sie ihn und auch die Namen der anderen.

Das ist Maike. Jetzt wagte ich mich aus meinem Versteck. Maike kniete vor dem Zelt, wiegte sich, die Arme um den Oberkörper geschlungen, vor und zurück. Als sie mich entdeckte, sprang sie hoch. Ihr Gesicht war tränenüberströmt, in den Augen stand das Entsetzen, als würde sie nicht mir, sondern dem Teufel gegenüberstehen.

Ich streckte die Hand aus, sagte: »Ich bin es, Maike. Du musst keine Angst haben.«

Meine Stimme schien nicht zu ihr durchzudringen. Sie wich zurück, ihr Blick irrte umher, als würde sie nach einem Fluchtweg suchen. Plötzlich schrie sie laut auf und rannte davon. Ich wollte ihr hinterherlaufen, da erspähte ich zwei Gestalten am Ufer des Sees. Wer war das? Paul und Erik? Aber warum flüchtete Maike vor ihnen? Ich schaute genauer hin, erkannte, dass es sich um zwei mir fremde Männer handelte. Jetzt setzten sie sich in Bewegung und folgten Maike im Laufschritt in den Wald. Die beiden führten mit Sicherheit nichts Gutes im Schilde.

Hau ab, riet mein Verstand. *Bring dich in Sicherheit.* Ich zögerte kurz, rannte dann aber hinterher, obwohl mir vor Angst schlecht war. Ich durfte Maike nicht im Stich lassen.

Ich kam bis auf Sichtweite an die beiden Typen ran, da stoppten sie plötzlich. Schnell versteckte ich mich hinter einem Baum. Nach ein paar Sekunden lugte ich vorsichtig am Stamm vorbei. Die beiden hatten sich nicht von der Stelle bewegt, unterhielten sich flüsternd. Ich traute meinen Augen kaum. Das waren Jugendliche. Zwei Jungs. Jünger als ich. Der eine war groß und schlaksig, das Gesicht voller Pickel, der andere klein und stämmig. Doch wo war Maike? Ich konnte sie nirgends entdecken. War sie ihnen entkommen?

In diesem Moment hielt der Größere der beiden die Hände wie einen Trichter vor den Mund und rief: »Maike-Schätzchen! Wo steckst du, Maike-Schätzchen?«

Beim Klang dieser Stimme stellten sich alle Härchen auf meinem Arm auf. Die Sanftheit, die in dem Ruf mitschwang, passte nicht zu der bedrohlichen Atmosphäre und brachte alle Alarmglocken in mir zum Schrillen.

Jetzt entdeckte ich auch Maike. Sie kauerte nur wenige Meter von meinem Versteck entfernt. Krampfhaft überlegte ich, was ich tun konnte, um ihr zu helfen. Mir fiel nichts ein.

Die beiden schlenderten auf Maike zu. Sie hatten sie anscheinend schon vor mir entdeckt. Der Ruf nach ihr sollte sie wohl in falscher Sicherheit wiegen.

»Da bist du ja«, sagte der Kleinere. Es klang, als wäre er froh, sie endlich gefunden zu haben.

Sie spielten ein Spiel mit ihr. Und Maike würde dieses Spiel verlieren. So oder so. Mein Herzschlag wurde spürbar schneller. Plötzlich überfiel mich die Angst, sie könnten mich entdecken, und ich zog mich schnell wieder hinter den Baumstamm zurück. *Warum bist du vorhin nicht weggerannt, hast dich in Sicherheit gebracht?* Noch vor wenigen Stunden wollte ich mein Leben beenden, hatte mir ausgemalt, wie sehr Paul mein Tod treffen würde. Nun wünschte ich mir nichts sehnlicher, als heil hier wegzukommen. Ich legte den Kopf in den Nacken, sah nach oben, als wäre von dort Hilfe zu erwarten. Die Dämmerung hatte den Himmel schon grau gefärbt. Bald würde es stockdunkel sein. Meine Angst verstärkte sich.

Maikes Stimme drang an mein Ohr. Sie war kaum mehr als ein mitleiderregendes Piepsen. Der Junge mit der sanften Stimme antwortete ihr. Ich verstand nicht ein Wort davon, so laut rauschte das Blut in meinen Ohren. *Hilf ihr*, flüsterte eine Stimme in meinem Hinterkopf. *Du musst ihr helfen.* Aber ich war vor Angst wie gelähmt.

»Hilfe«, kreischte Maike plötzlich. Immer wieder gellte ihr Hilferuf durch den Wald.

Ich brach in Tränen aus. Erschrocken schlug ich mir eine Hand vor den Mund, um die Schluchzer zu ersticken. Ich wollte nur noch eins: dass dieser Albtraum endlich aufhörte.

Geräusche, die ich nicht einordnen konnte, ließen mich aufhorchen. Dann wurde es still. Totenstill. Als würde der Wald samt seiner Bewohner den Atem anhalten.

Was war da los? Ich hielt die Ungewissheit nicht länger aus. Vorsichtig veränderte ich meine Position. Unter meinem Fuß krachte es laut und vernehmlich. Ich erstarrte, wartete. Hatten sie mich gehört? Ich rechnete jede Sekunde damit, dass sie neben mir auftauchten und mich hinter dem Baum hervorzerrten. Aber nichts geschah. Den Körper fest gegen die Rinde gepresst lugte ich an dem Baumstamm vorbei.

Maike lag mit dem Gesicht auf der Erde, regungslos. Rechts und links von ihr standen ihre Peiniger. Der Größere beugte sich zu ihr runter und riss sie brutal an den Haaren vom Boden hoch. Maike schrie, schlug wild um sich. Die Faust des anderen traf sie mitten ins Gesicht. Ich hörte das Brechen des Nasenbeins bis hierher. Ihr Körper erschlaffte. Mit wachsendem Entsetzen beobachtete ich, wie die beiden ihr wehrloses Opfer zum nächsten Baum schleppten. Dort fesselten sie Maike an den Stamm und stopften ihr einen Knebel in den Mund.

Kurze Zeit später erwachte Maike aus der Bewusstlosigkeit, stieß Wimmerlaute aus und drehte den Kopf ruckartig hin und her.

»Du hast Glück«, sagte der Kleinere und baute sich vor Maike auf. »Das hat sie doch, oder Leander?«

»Sogar großes Glück, Felix«, bestätigte der andere mit butterweicher Stimme und stellte sich neben seinen Freund. »Wir lassen dich am Leben.«

»Machs gut«, sagte der Kleine. Dann wandten sich beide von Maike ab. Auf den Gesichtern ein breites Grinsen.

Ich wollte mich wieder hinter dem Baumstamm verstecken, da bemerkte ich, dass Leander seinen Freund mit dem Ellbogen anstieß und in meine Richtung nickte. Adrenalin flutete meinen

Körper. Sie hatten mich entdeckt. Ich verließ meine Deckung und blickte kurz zu Maike hinüber.

Lass mich nicht allein, schien ihr Blick mich anzuflehen. *Hilf mir. Bitte.*

Doch Leander eilte schon auf mich zu. Ich zögerte nicht eine Sekunde, ich drehte mich um und rannte um mein Leben.

12

David zieht scharf die Luft ein. Seine Augen weiten sich. »Willst mich wirklich umbringen?« Es gelingt ihm nicht, das Zittern in seiner Stimme zu unterdrücken.

»Wenn es sein muss: ja. Obwohl das in meinen Augen eine viel zu geringe Strafe für dein Verbrechen wäre.«

»Was habe ich dir denn getan?«

»Nichts«, antworte ich. »Außer dass du mein Leben zerstört hast.«

»Du verwechselst mich.«

»Du wiederholst dich«, sage ich.

»Ich glaube dir kein Wort«, bringt er zwischen zwei Atemzügen hervor. »Du bist nicht fähig, jemanden zu töten.«

»Bist du dir sicher?«

Zu meiner eigenen Verwunderung finde ich zunehmend Gefallen an der Situation. Ich genieße die Macht, die ich über ihn habe. Meine Aufregung ist wie weggeblasen, hat einem wohligen Gefühl der Überlegenheit Platz gemacht. Er kann mir nichts mehr anhaben. Ich halte alle Fäden in der Hand. Er soll wahnsinnig werden vor Angst, mich um Gnade anwinseln. Er soll am eigenen Leib erfahren, wie sich Todesangst anfühlt.

»Dann tu es doch. Mach schon, erschieß mich.« Er hebt das Kinn, sieht mich herausfordernd an. »Dann hat dieser Wahnsinn endlich ein Ende.«

»Wie du willst.«

Ohne ihn aus den Augen zu lassen, entferne ich mich ein gutes Stück von ihm und umfasse die Waffe mit beiden Händen. Ich kneife ein Auge zu, nehme ihn ins Visier und drücke ab.

Er sackt in die Knie. Sein Schrei geht im Knall des Schusses unter, der wie ein Donnerschlag durch den Wald hallt. Die Stille danach ist tief und schwer, als wäre die Welt für den Bruchteil einer Sekunde stehen geblieben. Unwillkürlich fröstele ich. War das gerade wirklich ich? Habe ich tatsächlich auf einen Menschen geschossen? Ich schlucke.

»Das nächste Mal treffe ich«, sage ich mit belegter Stimme und räuspere den Kloß in meinem Hals weg. »Das garantiere ich dir.«

David entweicht ein Laut, der wie das Fiepen eines verletzten Tieres klingt, und versucht, sich aufzurichten. Es gelingt ihm nicht. Ich gehe zu ihm, packe seinen Oberarm und helfe ihm hoch. Erst jetzt bemerke ich den nassen Fleck auf seiner Hose, nehme den schwachen Geruch nach Urin wahr. Er weicht meinem Blick aus.

Stumm lässt er es über sich ergehen, dass ich ihn am Baumstamm fixiere. Anschließend nehme ich ihm die Stirnlampe ab. Die Kugel hat Davids Wange aufgerissen. Sein Gesicht ist mit Dreck und Blut verkrustet. Er wirkt kraftlos, der Körper schlaff, als würde ihn nur das Klebeband um seine Oberschenkel aufrecht halten. Kein Mitleid jetzt. Er hat es nicht anders verdient.

»Du hast Glück«, sage ich. »Sogar großes Glück.«

Mit einem Ruck hebt er den Kopf, starrt mich aus rot geäderten Augen an. In seinem Blick kämpft Hoffnung mit

Fassungslosigkeit, vielleicht ahnt er bereits, was ich als Nächstes sagen werde.

»Ich lasse dich am Leben, David.«

Er stößt einen Schrei aus. In zwei schnellen Schritten bin ich bei ihm und stopfe ihm den Knebel in den Rachen. David würgt, die Kieferknochen beginnen, zu mahlen. Sein Adamsapfel bewegt sich hektisch auf und ab. Ich versiegele ihm die Lippen mit Klebeband. David zieht Luft durch die Nase ein, stößt sie pfeifend wieder aus.

»Und? Wie fühlt sich das für dich an?«, frage ich.

Seine Augen flehen mich an.

»Doch, das werde ich«, antworte ich auf die unausgesprochene Frage. »Ich werde jetzt gehen und dich deinem Schicksal überlassen. Vielleicht hast du ja wirklich Glück und jemand findet dich rechtzeitig. Aber«, ich verziehe den Mund und schüttle in falschem Bedauern den Kopf, »an deiner Stelle würde ich nicht damit rechnen. Zu dieser Jahreszeit verirrt sich kaum jemand hierher. Höchstens ein Wolf.«

Ich kann mir ein schadenfrohes Lachen nicht verkneifen, als ich in sein fassungsloses Gesicht schaue. David zerrt und ruckelt verzweifelt an den Fesseln, stößt Laute aus, die wie ein Quieken klingen. Der beißende Geruch seines Angstschweißes weht mir in die Nase.

Jetzt spüre ich doch einen Anflug von Mitleid, verschließe mein Herz aber schnell wieder. Wenn jemand es verdient hat, zu leiden, dann David. Er ist mein Mitgefühl nicht wert.

2003

Ich weiß bis heute nicht, wie ich es geschafft habe, den beiden Jungs zu entkommen. Die Angst verlieh mir ungeahnte Kräfte. Ich achtete nicht auf den Weg, stürmte quer durch den Wald. Äste schlugen mir hart ins Gesicht, Dornen zerkratzten meine nackten Beine, das Blut rann mir warm über die Haut. Wie ferngesteuert sprang ich über Baumstämme, zerteilte mit den Händen das Gestrüpp, fiel hin, rappelte mich hoch und fand mich irgendwann auf dem Parkplatz wieder. Sekundenlang starrte ich ungläubig mein Auto an. Es kam mir vor wie ein Wunder. Ich brach in Tränen aus. Ein lautes Knacken im Unterholz riss mich aus meiner Starre. Ich glaubte, Leanders sanfte Stimme zu hören. Mit zittrigen Fingern fischte ich den Autoschlüssel aus meiner Umhängetasche und öffnete den Wagen. Ich stieg ein, warf meine Tasche auf den Nebensitz. Sie landete auf der Sitzkante, der halbe Inhalt fiel heraus. Ich nahm es kaum wahr, startete am ganzen Körper bebend den Motor und umklammerte Halt suchend das Lenkrad.

Erst als ich auf die Landstraße Richtung Berlin bog, konnte ich wieder einigermaßen klar denken. Ich musste die Polizei verständigen und einen Krankenwagen rufen. Maike war schließlich noch am Leben, als ich weglief. Wie es um Paul,

Juli und Erik stand, wusste ich nicht. Ich hatte keinen Blick ins Zeltinnere werfen können und befürchtete das Schlimmste.

Ich hangelte meine Tasche vom Beifahrersitz, zog den Reißverschluss der Innentasche auf und fummelte das Handy heraus. Es rutschte mir aus den schweißnassen Fingern und fiel zu Boden. Leise fluchend warf ich die Tasche auf den Nebensitz und ging vom Gas. Ich lenkte mit der linken Hand, während ich mit der rechten den Fußraum abtastete. Leider ohne Erfolg. Die Straße vor mir war frei, ich warf einen Blick nach unten. Glücklicherweise entdeckte ich das Gerät sofort. Es war halb unter den Sitz gerutscht. Ich griff danach und richtete mich auf.

Die Fahrbahn war in gleißend helles Licht getaucht. Geblendet schloss ich die Augen, riss sie gleich wieder auf. Scheinwerfer kamen direkt auf mich zu. Instinktiv riss ich das Steuer nach rechts und trat auf die Bremse. Mein Wagen schoss von der Straße, pflügte durchs Unterholz. Ich sah den Baumstamm vor mir, dann gab es einen furchtbaren Schlag. Ein metallisches Krachen. Die Motorhaube knüllte sich zusammen, als wäre sie aus Papier. Die Frontscheibe zerbarst. Gleißender Schmerz überrollte meinen Körper. Das Letzte, das ich wahrnahm, war ein stetes Klopfen. Dann wurde es schwarz um mich herum.

* * *

Als ich zu mir kam, spürte ich eine warme Hand, die meine sanft umschloss. *Paul*, dachte ich. *Paul ist bei mir.* Ein Glücksgefühl durchströmte mich. *Alles ist gut.*

Ich schlug die Augen auf. Als wäre damit ein Damm gebrochen, fraß sich ein nicht aushaltbarer Schmerz wie Feuer durch meine Eingeweide. Ich stöhnte laut. Die Umgebung verschwamm. Ich blinzelte, versuchte, meine Augen scharf zu stellen. Nach und nach gewann der Raum feste Konturen zurück und schließlich begriff ich, wo ich mich befand. In einem Krankenzimmer.

Über mir hing der schlaffe Beutel einer Infusionslösung. Auf dem Stuhl neben meinem Bett erblickte ich Mutter. Ihre, nicht Pauls Finger hielten meine Hand umklammert. Die Enttäuschung war wie ein Stich in mein Herz. Mutter lächelte mich an, ihre Lippen bewegten sich, aber die Worte erreichten mich nicht. Ich hob den Kopf, öffnete den Mund, um etwas zu sagen, doch es kamen nur unverständliche Laute über meine Lippen. Kraftlos sank ich in das Kissen zurück.

»Schsch!« Mutter beugte sich über mich und legte sachte ihren Zeigefinger auf meine Lippen. »Alles ist gut. Schlaf weiter. Schlaf dich gesund.«

Ich wusste, dass ich ihr etwas Wichtiges sagen musste, aber ich bekam es nicht zu fassen. Meine Gedanken rannten davon, bevor sie einen Sinn ergaben. Schließlich überwältigte mich die Müdigkeit und riss mich in einen tiefen Schlaf, aus dem ich immer wieder schweißgebadet aufschreckte, im Ohr die sanfte Stimme, die nach Maike rief und mir Todesangst einjagte.

Es dauerte drei Tage, bis ich wieder ansprechbar war und zusammenhängende Sätze herausbrachte. Meine Erinnerungen wiesen jedoch große Lücken auf, was die Ärzte auf den Autounfall zurückführten. Ich wusste nur noch, dass an dem See etwas Schreckliches geschehen war. Das Krankenhaus informierte umgehend die Polizei.

Leider hatte ein Starkregen, der in der Tatnacht in der Region niedergegangen war, sämtliche Spuren zunichtegemacht. Doch davon erfuhr ich erst viel später. Auch wie es um meine Freunde stand, hat Mutter mir die ersten Tage verheimlicht. Die Ärzte hatten ihr aus Sorge, ich würde die traurige Wahrheit nicht verkraften, dazu geraten. Maike hatte noch drei Tage gelebt, dann war sie an ihrem Erbrochenen erstickt. Sie war erst kurz bevor sie gefunden wurde gestorben. Erik hätte vielleicht gerettet werden können, wenn er nur einen Tag früher entdeckt worden wäre. Paul und Juli dagegen waren offenbar schon länger tot.

Mir machte niemand einen direkten Vorwurf, dennoch wurde ich das Gefühl nicht los, dass mir alle insgeheim die Schuld an ihrem Tod gaben.

Ich hatte mir bei dem Unfall schwere Verletzungen zugezogen und musste einige Wochen im Krankenhaus verbringen, bevor ich endlich wieder nach Hause durfte. Körperlich hatte ich mich recht gut erholt und zum Glück bis auf einige Narben keine bleibenden Schäden zurückbehalten. Die Angst jedoch blieb. Und sie wurde größer mit jedem Puzzleteil, das ich aus den Tiefen meines Gedächtnisses hervorholte, um die Erinnerung an die furchtbaren Geschehnisse am See Stück für Stück zusammenzusetzen.

13

»Machs gut«, sage ich.

Aus Davids Augen springt mich das pure Entsetzen an. Er stößt erstickte Laute aus, bewegt seinen Oberkörper ruckartig vor und zurück. Er sieht jämmerlich aus. Nichts von seinem arroganten Gehabe ist übrig geblieben.

Betont langsam schlendere ich davon. Davids Blicke brennen sich in meinen Rücken, doch ich drehe mich nicht nach ihm um. Sobald ich mich aus seinem Sichtfeld glaube, beschleunigen sich meine Schritte wie von selbst. Anscheinend will ich schnellstmöglich die Distanz zu meinem Opfer vergrößern. Allzu weit komme ich allerdings nicht. Ich fühle mich müde und ausgelaugt, als wären auf einen Schlag all meine Energiereserven aufgebraucht. Mit jedem Meter werden meine Schritte schleppender, die Beine so schwer, dass ich es kaum schaffe, die Füße vom Boden zu heben. Meine Knie werden weich und geben schließlich nach. Ich sacke zusammen wie ein Boxer im Ring nach dem finalen K.-o.-Schlag.

Was um Gotteswillen mache ich hier eigentlich? Mir ist, als hätte ich die letzten Stunden in einer Art Trancezustand verbracht. War das wirklich ich, die Tonis Mann entführt hat? Sogar geschossen habe ich auf ihn. Die Kugel hätte ihn töten können. Was ist bloß in mich gefahren? Ich muss komplett wahnsinnig geworden sein.

Die Nässe des Bodens, auf dem ich knie, hat den Stoff meiner Hose durchdrungen, der mir nun unangenehm feucht an den Waden klebt. Kälte kriecht durch meinen Körper. Mühsam rappele ich mich hoch. Die Waffe in meiner Hand fühlt sich mit einem Mal wie ein Fremdkörper an. Wenn ich David zurücklasse, wird er sterben. Dann bin ich zur Mörderin geworden und keinen Deut besser als er. Was auch immer er getan hat, wie furchtbar sein Verbrechen auch war, es steht mir nicht zu, ihn zu richten.

In einem spontanen Impuls hebe ich den Arm und ramme den Lauf der Waffe so fest gegen meine Schläfe, dass ich unwillkürlich einen Schrei ausstoße. Ich könnte dem Ganzen hier und jetzt ein Ende bereiten. Mich befreien von der quälenden Last der Schuld, für den Tod meiner Freunde verantwortlich zu sein, weil ich sie im Stich gelassen habe. Dann kann es mir auch egal sein, ob David stirbt oder gerettet wird.

Doch ich zögere. Das Gesicht meiner Mutter taucht im Geiste vor mir auf. Tränen strömen über ihre Wangen. Sie würde meinen Selbstmord nicht verstehen, würde sich bis ans Ende ihres Lebens Vorwürfe machen, dass sie mich nicht davon abhalten konnte.

Langsam lasse ich die Waffe sinken.

Eine Weile stehe ich einfach nur da, mit hängenden Armen und gesenktem Kopf. Dann mache ich kehrt und gehe zurück.

Davids Umrisse zeichnen sich im kalten LED-Schein der Stirnlampe vor mir ab. Als ich näherkomme, hebt er den Kopf, blickt mich blinzelnd an. Der Ausdruck in seinem blutverkrusteten Gesicht ist eine Mischung aus Erleichterung und Furcht. Auf Armeslänge bleibe ich vor ihm stehen. Alles ist still. Kein Lüftchen regt sich. Nicht mal ein Knacken im Unterholz ist zu hören.

»Ich habe es mir überlegt«, sage ich.

Hoffnung blitzt in Davids Augen auf. Sein Blick bohrt sich geradezu in mich hinein.

»Du hast eine winzige Chance, mit dem Leben davonzukommen«, sage ich und versuche, meine Stimme kalt und hart klingen zu lassen.

Jetzt zuckt es in seinem Gesicht. Er weiß ganz genau, was ich von ihm hören will.

»Sommer 2003«, gebe ich ihm erneut als Stichwort. Mehr nicht. Alles Weitere muss von ihm kommen.

Er atmet durch die Nase ein, stößt die Luft mit schmerzverzerrter Miene wieder aus und nickt schließlich mehrmals mit dem Kopf.

»Gut«, sage ich. »Dann befreie ich dich jetzt von dem Knebel.«

Ich trete an ihn heran und reiße das Klebeband mit einem Ruck von seinen Lippen.

Er stöhnt, bewegt den Kiefer, um den Knebel loszuwerden. Ich rühre keinen Finger, um ihm zu helfen. Allein bei dem Gedanken, den von seinem Speichel durchnässten Stoff anzufassen, ekelt es mich. Schließlich gelingt es ihm ohne Hilfe und er spuckt mir den Knebel direkt vor die Füße.

»Ich warte«, sage ich.

»Wer garantiert mir, dass du mich wirklich freilässt?«, krächzt er und leckt sich mit der Zunge die rissigen Lippen.

»Niemand. Du wirst mir wohl vertrauen müssen.«

»Dir vertrauen?«

»Hast du eine Wahl?«

»Ich war's«, sagt er.

»Und weiter? Ich will wissen, was du getan hast.«

»Dich vergewaltigt?« Er lässt es wie eine Frage klingen. Ich glaube, so etwas wie Häme aus seinem Tonfall herauszuhören. Wut wallt in mir hoch.

»Willst du mich verarschen?« Ich entsichere die Waffe und ziele auf ihn. »Noch so ein Ding und ich drücke ab.«

»Okay, okay«, beschwichtigt er. »Was willst du von mir hören?«

»Details. Namen. Die wirst du ja wohl nicht vergessen haben.«

»Namen«, sagt er gedehnt, als müsse er nachdenken. »Leander.«

»Ja«, sage ich. Mein Herz schlägt einen Takt schneller. »Und wie weiter?«

»So heißt mein neugeborener Sohn. Willst du ihm wirklich den Vater nehmen? Und Antonia den Mann. Sie ist deine Freundin.«

»Gerade weil Toni meine Freundin ist, muss ich etwas tun, um sie vor dir zu schützen.«

Plötzlich geht ein Ruck durch Davids Körper. Seine Augen fixieren etwas hinter mir. Ich werfe einen Blick über die Schulter.

Eine Gestalt taucht zwischen den Bäumen auf, steuert direkt auf uns zu. Wer ist das? Der Schreck durchfährt mich wie ein heißer Strahl.

14

Licht blendet mich, automatisch schließe ich die Augen und drehe mich weg. David gibt einen erstickten Laut von sich, starrt weiterhin an mir vorbei. Seine Lippen formen drei Worte, fast tonlos, ich verstehe sie trotzdem. Er hat »Oh Gott, Erik«, gesagt. Ich brauche ein paar Sekunden, bevor ich begreife, wer auf uns zueilt. Alexander. David hat ihn mit Erik verwechselt.

Alexander hat uns erreicht. Schnell verberge ich die Waffe hinter meinem Rücken. Sein Blick wandert kurz zu David, kehrt dann zu mir zurück.

»Was hast du dir denn dabei gedacht?« In seiner Stimme klirrt Eis.

»Ich … ich …«, stammle ich und rette mich in eine Gegenfrage. »Woher hast du gewusst, dass ich hier bin?«

»Ich war bei deiner Mutter in der Buchhandlung. Sie hatte gerade deine Bestellung übers Internet entdeckt. Chloroform und Elektroschocker bestellt man nicht jeden Tag. Sie ist außer sich vor Sorge.«

Siedend heiß fällt mir ein, dass ich vergessen habe, den Verlauf zu löschen. Auch die Koordinaten des Sees hatte ich mir auf dem PC der Buchhandlung rausgesucht. Es war also ein Leichtes, mich zu finden.

Alexander schiebt mich beiseite und geht auf David zu.

»Warte«, sage ich und halte ihn am Arm fest. »Bitte.«

»Michaela, lass das«, sagt er barsch und schüttelt meine Hand ab.

»Als er dich eben bemerkt hat«, ich senke meine Stimme, »hat er Eriks Namen geflüstert.«

»Warum sollte er –« Alexander stutzt, passt sich dann meinem Flüstern an. »Du meinst, er hat mich für Erik gehalten?«

»Ja, genau«, sage ich und bekräftige meine Aussage mit einem Nicken, obwohl ich mir im Nachhinein nicht mehr ganz so sicher bin, ob ich mich nicht doch verhört habe. Hat er wirklich »Oh Gott, Erik« gesagt? Oder war es etwas ähnlich Klingendes.

»Sie müssen mir helfen«, keucht David in diesem Moment. »Diese Verrückte«, er deutet mit dem Kopf in meine Richtung, »hat mich entführt und misshandelt. Sie faselt die ganze Zeit, dass ich etwas gestehen soll, aber ich habe nicht die geringste Ahnung, was sie von mir will. Ich habe ihr nichts getan.«

»Sie brauchen keine Angst zu haben. Ich bin Polizist«, beruhigt ihn Alexander. »Ich binde Sie jetzt los, dann fahren wir gemeinsam nach Berlin zu meiner Dienststelle und klären das Ganze.«

Bei dem Wort »Polizist« ist David kurz zusammengezuckt, das habe ich mir nicht eingebildet. Krampfhaft überlege ich, was ich tun könnte, um das Blatt noch mal zu meinen Gunsten zu wenden.

»Bitte, tu das nicht«, flehe ich. »Ich habe ihn fast so weit. Er wird gestehen.«

»Nein«, sagt Alexander mit fester Stimme. »Es reicht jetzt. Du hast schon genug angerichtet.«

»Aber ich bin mir sicher, dass David einer der Täter von damals ist.«

»Das warst du jedes Mal.«

Ich schaue ihn mit großen Augen an. »Woher weißt du das denn?«

»Das steht als Nachtrag in der Akte über den Fall.«

»In der Akte«, wiederhole ich irritiert.

»Ja. Ich habe sie mir vor ein paar Tagen geben lassen, um sie nach Feierabend in aller Ruhe durchzugehen.«

»Und«, ich zögere, »warum?«

»Der Fall soll, auf mein Bestreben hin, neu aufgerollt werden«, sagt er. »Ich bin da über ein paar Ungereimtheiten gestolpert und –« Alexander bricht ab. Er hat die Pistole in meiner Hand entdeckt.

»Gib sie mir.«

Ich schüttle den Kopf, weiche einen Schritt zurück. In Alexanders Gesicht arbeitet es. Überlegt er, ob er sie mir gewaltsam abnehmen soll?

»Sie ist nicht echt«, sage ich schnell und werfe David einen prüfenden Blick zu. Doch der hat meine Lüge offenbar nicht mitbekommen.

»Okay«, sagt Alexander gedehnt. »Steck sie bitte trotzdem weg.«

Schnell verstaue ich die Waffe in meinem Rucksack und lasse ihn vorsichtshalber offen, damit ich sie mit einem Griff an mich nehmen kann. David ist nicht über den Weg zu trauen.

Alexander beginnt, David von dem Klebeband zu befreien. Davids Blicke huschen von seinem Retter zu mir. Da ist ein Glitzern in seinen Augen, das mich beunruhigt. Das ungute Gefühl verstärkt sich, als Alexander auch das Tape an Davids Handgelenken löst.

»Willst du nicht wenigstens seine Hände gefesselt lassen?«, frage ich.

»Dazu besteht keinerlei Veranlassung«, weist Alexander mich mit frostiger Stimme zurecht. »Der Mann ist am Ende seiner Kräfte. Siehst du das denn nicht? Gibst du mir bitte die Schlüssel für die Fußfesseln?«

Ich zögere. Alexander hebt die Augenbrauen, streckt den Arm aus und hält mir seine Hand hin. Mit einem Mal kommt er mir wie mein Feind vor. Als hätte er sich mit David gegen mich verbündet.

»Was ist?«, drängt er.

Ich greife in die Innentasche meiner Jacke und reiche ihm den Schlüssel. Wohl ist mir nicht dabei. Alexander macht einen Fehler und ich kann nichts tun, um ihn daran zu hindern.

David reibt sich stöhnend seine Handgelenke, lässt die Schultern kreisen, während Alexander die Fußschellen aufschließt.

Was war das? Ich spähe in den Wald. Ein leises Bellen? Da! Wieder. Es hört sich fast wie ein unterdrücktes Husten an. Schleicht sich jemand an uns heran? Hat Alexander, bevor er hierher aufgebrochen ist, seine Kollegen verständigt? Ich habe den Gedanken kaum zu Ende geführt, da zerreißt ein Schuss die Nacht.

Ich stoße einen Schrecklaut aus, fahre herum. Alexander liegt am Boden. Neben ihm steht David und blickt auf ihn hinunter. Die Kugel hat Alexander mitten ins Gesicht getroffen. Aus der Wunde pulst Blut. Sein Körper zuckt, der Mund formt unartikulierte Laute. Die Augen suchen meinen Blick, flehen um Hilfe.

Ich bin vor Entsetzen wie gelähmt. David wankt auf mich zu. Seine Augen funkeln vor Mordlust. Was ist das in seiner Hand? Eine Pistole? Er hebt den Arm. Ich wirbele herum und renne davon. Dabei rechne ich jeden Moment damit, dass eine Kugel mich in den Rücken trifft und zu Fall bringt. Ohne nachzudenken folge ich der Schneise, die der Strahl der Stirnlampe in die Dunkelheit schneidet. In meinem Kopf hämmert nur ein Wort: LAUF!

15

Nasse Zweige klatschen mir hart ins Gesicht. Dornen reißen am Stoff meiner Hose. Mit den Händen teile ich das Gestrüpp, stolpere über etwas am Boden, kann mich im letzten Moment fangen und haste mit rudernden Armen weiter. Meine Augen irren umher, um zwischen den eng stehenden Bäumen einen Weg auszumachen. David ist sicher dicht hinter mir. Ich werfe einen raschen Blick über die Schulter. Wieso sehe ich ihn nicht? Ich stürze, rappele mich hoch. Das Seitenstechen setzt ganz plötzlich ein, ich presse meine Hand auf die schmerzende Stelle und kämpfe mich in geduckter Haltung durch das Unterholz weiter. Irgendwann muss ich auf einen Forstweg stoßen. So riesig ist der Wald doch gar nicht. Wieder sehe ich nach hinten. Kein David. Habe ich ihn abgehängt? Ich schaffe noch ein paar Meter, dann zwingt mich der Schmerz in meiner Seite, stehen zu bleiben. Mit gebeugtem Rücken verharre ich. Mein Herz hämmert einen schnellen, unregelmäßigen Rhythmus, meine Lunge brennt vor Anstrengung. Das Keuchen meines Atems überdeckt jedes andere Geräusch. Ich muss weiter. Ich kann nicht sicher sein, dass David nicht mehr hinter mir her ist.

Es regnet. Das bemerke ich erst jetzt. Im Laufen zerre ich mir die Kapuze über den Kopf. Da vorne sieht es aus, als würde sich der Wald ein wenig lichten. Ich steuere darauf zu. Tatsächlich liegt vor mir eine kleine Lichtung, in deren Mitte ich ein Holzgestell ausmache. Der Boden unter meinen Schuhen quietscht vor Nässe, als ich auf den Hochsitz zueile. Er wirkt relativ gut erhalten, soweit ich das beurteilen kann. Wenn er von Jägern genutzt wird, muss es auch einen Weg oder Trampelpfad geben, der hierherführt. Vergeblich suche ich im Matsch nach Fußspuren, aber den kleinen Pfad entdecke ich trotzdem. Ich bete, dass er mich aus dem Wald hinausführt.

Der Regen wird stärker, eine Windbö reißt mir die Kapuze vom Kopf. Ich stülpe sie wieder über. Mein Gesicht brennt vor Kälte, die Füße tun mir weh. Lange kann ich mich sicher nicht mehr auf den Beinen halten. Schon jetzt muss ich mich zu jedem Schritt zwingen. Der Wind pfeift immer heftiger durch die kahlen Zweige. Ein lautes Krachen ganz in meiner Nähe erschreckt mich so, dass ich einen Schrei ausstoße. Was war das? Mit klopfendem Herzen spähe ich in den Wald, kann aber im schwachen Schein meiner Stirnlampe nichts Verdächtiges erkennen. Wahrscheinlich nur ein Ast, der durch den Sturm zu Boden gekracht ist. Ich muss so schnell wie möglich aus dem Wald hinausfinden, bevor ich von einem umstürzenden Baum getroffen werde.

Doch was ist das da vorne? Vor Schreck vergesse ich zu atmen. Ein Tier? Ich schnappe nach Luft. Es sieht aus wie ein Hund. Vielleicht der Hund eines Jägers? Hoffnung flammt in mir auf. Zögernd mache ich einen Schritt auf das vierbeinige Wesen zu. Das Tier verharrt regungslos im Lichtstrahl meiner Lampe. Ich betrachte es genauer. Graues Fell, spitze Schnauze, magerer Körper. Das ist kein Hund, das ist ein Wolf, schießt es mir durch den Kopf. Wahrscheinlich lauert irgendwo in der Nähe sein Rudel. Jetzt fletscht er die Zähne. Ich schlucke. Soll ich schreien? Mich zurückziehen? Spontan entscheide ich mich für Rückzug und hoffe, das Richtige zu tun. Ohne das Tier aus den Augen zu lassen, entferne ich mich mit behutsamen Schritten.

Wieder vernehme ich ein lautes Krachen. Über mir? Hinter mir? Sekunden später trifft mich etwas Hartes am Kopf, mit einer solchen Wucht, dass ich in die Knie gehe. Mir wird schwarz vor Augen. Der Boden unter mir kippt weg. David hat mich gefunden, ist mein letzter Gedanke.

* * *

Von einem Scharren direkt neben meinem Ohr erwache ich. Wo bin ich? Was ist passiert? Dann fällt mir alles wieder ein. David hat mich niedergeschlagen. Oder hat mich ein herabfallender Ast getroffen? Abrupt richte ich mich auf. Sofort wird mir schwindelig. Unter meiner Schädeldecke wütet der Schmerz. Vorsichtig befühle ich meinen Hinterkopf, zucke zusammen, als ich die Wunde ertaste. Meine Fingerspitzen sind rot vor Blut. Ich wische es an meiner Hose ab, stemme mich mühsam vom Boden hoch und sehe mich um.

Der Graue steht keine zwei Meter entfernt. Fixiert mich mit seinen hellen Augen, als wolle er mich hypnotisieren. Mein Puls ist im Bruchteil einer Sekunde am Anschlag. Er ist immer noch da. Wölfe sind Fleischfresser, fällt mir ein. Sie reißen Schafe. Aber greifen sie auch Menschen an? Ich weiß es nicht. Wieder bewege ich mich Schritt für Schritt von ihm weg. Das Tier verfolgt meinen Rückzug mit wachsamen Augen, setzt mir jedoch nicht nach. Mit dem Rücken pralle ich gegen ein Hindernis. Ich stoße einen Schrecklaut aus, gerate ins Schwanken. Als ich wieder zu dem Wolf sehe, ist er nicht mehr da.

Ich schnelle herum. Nicht dass er einen Angriff von hinten startet. Aber da ist nichts. Der Wolf ist verschwunden, als hätte es ihn nie gegeben. Ich stoße erleichtert die angehaltene Luft aus meiner Lunge aus und marschiere weiter.

Wenig später stoße ich endlich auf einen Forstweg. Die Hoffnung, schon bald aus dem Wald hinauszugelangen, verleiht mir neue Energie. Mit großen Schritten eile ich weiter. Doch der Weg will und will kein Ende nehmen. Schon bald wird wieder jeder Schritt zur Qual. Die Wunde an meinem Hinterkopf pocht. Ich beiße die Zähne zusammen, schleppe mich mühsam vorwärts. Nur nicht stehen bleiben, sonst komme ich sicher nicht mehr in die Gänge.

Ein Geräusch dringt an meine Ohren. Der Motor eines Autos? Mein Herz macht einen kleinen Hüpfer. Irgendwo in der Nähe muss eine Straße sein. Plötzlich flackert das Licht der Stirnlampe und erlischt. Auf einen Schlag ist es stockdunkel.

»Nein, bitte nicht«, flehe ich, schalte hektisch die Lampe aus und wieder ein. Um mich herum ein dunkles, schwarzes Nichts. Furcht kriecht in mir hoch. Verzweifelt betätige ich immer wieder den Schalter. Ein. Aus. Ein. Aus. Endlich glimmt die Lampe wieder auf. Ich beschleunige meine Schritte und bete, dass sie nicht nach wenigen Metern erneut ausgeht.

Der Weg wird breiter. Ist das da vorne die Straße? Wieder flackert das Licht der Lampe. *Schneller, du musst schneller werden.* Ich haste weiter, stolpere in der Hektik ein paar Mal über meine eigenen Füße. Doch jetzt kann ich das dunkle Band der Straße deutlich erkennen. Die Erleichterung ist überwältigend. Ich lache und heule gleichzeitig, als ich den Waldrand erreiche.

Instinktiv setze ich meinen Weg nach rechts fort, bete, dass trotz der späten Stunde bald ein Auto kommt und mich mitnimmt.

Während meiner panischen Flucht habe ich nicht eine Sekunde an die Geschehnisse am See gedacht. Dafür überfällt mich die Erinnerung nun umso heftiger. Alexander ist tot, umgebracht von David. Ein dicker Kloß bildet sich in meiner Kehle. Warum nur hat er das getan? Hat er wirklich geglaubt, Erik vor sich zu haben? Musste Alexander sterben, weil David ihn mit dem einzigen Menschen verwechselt hat, der ihn als Täter identifizieren konnte? Je länger ich darüber nachdenke, desto fraglicher erscheint mir das. Die Tat ging damals durch alle Medien. David sollte also wissen, dass Erik tot ist. Vielleicht hat er mitbekommen, dass Alexander davon sprach, den Fall neu aufzurollen. Das könnte ihm so viel Angst eingejagt haben, dass er keinen anderen Ausweg als Alexanders Tod gesehen hat. Als Nächstes hätte er wahrscheinlich mich umgebracht.

Ich muss die Polizei verständigen, schießt es mir durch den Kopf. Bevor David über alle Berge ist und wieder nicht zur Rechenschaft gezogen wird für seine Verbrechen. Ich greife in die Jackentasche. Wo ist mein Handy? Ich bin sicher, es in die Tasche gesteckt zu haben. Ich klopfe meine Innentaschen ab, aber auch da ist es nicht. Ich muss es bei meiner Flucht durch den Wald verloren haben. Was für ein Mist, ich könnte heulen.

Ein Motorgeräusch lenkt mich ab. Scheinwerfer durchbrechen das Schwarz der Dunkelheit und kommen so schnell auf mich zugerast, dass ich erst reagiere, als das Auto nur noch wenige Meter entfernt ist. Ich springe auf die Fahrbahn, reiße die Arme in die Höhe und winke aufgeregt mit beiden Händen. Ohne merklich die Geschwindigkeit zu drosseln, weicht mir der Wagen aus und rauscht vorbei. Ich lasse die Arme sinken und schaue fassungslos hinterher. Die Bremslichter glühen in der Kurve feuerrot auf, bevor sie die Dunkelheit verschluckt.

»Arschloch!«, schreie ich, so laut ich kann.

Man lässt doch niemanden mitten in der Nacht allein auf einer einsamen Landstraße stehen. Was sind das für Menschen, die so etwas tun? Der Ärger verleiht mir neuen Antrieb. Verbissen stapfe ich weiter.

16

Seit einer gefühlten Ewigkeit schleppe ich mich jetzt schon den schmalen Seitenstreifen der Landstraße entlang. Alle paar Meter flackert das Licht der Stirnlampe und jedes Mal versetzt mich das so in Panik, dass Adrenalin heiß durch meine Blutbahnen schießt. Der Mond hat sich hinter einer dunklen Wolkendecke verkrochen. Um mich herum ist es stockfinster. Ich bin völlig erschöpft, spüre weder Kälte noch Schmerz und setze wie ein ferngesteuerter Roboter Fuß für Fuß auf den Boden. Hinter meiner Stirn rotiert in Dauerschleife ein einziger Satz: *Du musst in Bewegung bleiben*. Mehrere Autos sind bereits an mir vorbeigerast, doch keines hat gebremst, geschweige denn angehalten. Offenbar bin ich unsichtbar geworden.

Auch jetzt höre ich hinter meinem Rücken das Geräusch eines sich nähernden Wagens, lange bevor die Scheinwerfer den Asphalt vor mir beleuchten. Ich stoppe, will auf mich aufmerksam machen, aber ich bin so kraftlos, dass ich mich nicht mal in der Lage fühle, meine Arme zu heben. Sie scheinen Tonnen zu wiegen. Was soll's. Das Auto wird ohnehin nicht anhalten. Ich setze mich wieder in Bewegung.

Das Kreischen von Bremsen hallt wie ein Misston durch die Nacht. Wie auf Kommando flackert die Lampe an meiner Stirn und erlischt. Direkt neben mir hält ein Auto an. Das

Seitenfenster auf der Beifahrerseite fährt hinab und eine Gestalt beugt sich von der Fahrerseite herüber, sodass ich schemenhaft ein Gesicht erkennen kann.

»Wer hat dich denn hier ausgesetzt?« Es ist die Stimme einer Frau, dunkel, kratzig und einen Tick zu laut.

Sie mustert mich neugierig aus hellen Augen, die mich merkwürdigerweise sofort an den Wolf von vorhin erinnern. Ein Schwall schwarzer Locken umrahmt ihr blasses Gesicht.

»Ich habe mich verlaufen«, krächze ich. »Können Sie mich mitnehmen?«

»Nach Berlin?«

Ich nicke.

»Na, dann komm. Steig ein.« Ohne meine Antwort abzuwarten, geht die Scheibe wieder hoch.

Ich befreie mich vor dem Öffnen der Tür von der Stirnlampe und lasse sie nach kurzem Zögern einfach fallen. Dann sinke ich in den Sitz und stelle meinen Rucksack im Fußraum ab. Während ich mich anschnalle, mustert die Frau mich prüfend. Erst jetzt wird mir bewusst, wie schlimm ich aussehen muss. Vollkommen verdreckt, die Haare mit Blut verklebt.

»Ich heiße Irena«, sagt sie und startet den Motor. »Aber alle nennen mich Ira.«

»Michaela«, sage ich. »Danke, dass Sie mich mitnehmen.«

»Wer hat dir das angetan? Dein Kerl?«

»Nein.« Ich schüttle den Kopf. »Nein. So war das nicht.« Ich bin so müde, ich muss mir jedes Wort über die Lippen quälen.

»Ich sehe schon, du willst nicht darüber reden. Das ist okay. In deinem Alter habe ich mich auch noch dafür geschämt, wenn mich meiner verprügelt hat. Das legt sich aber mit der Zeit. Irgendwann habe ich dann zurückgeschlagen.« Sie lacht schallend. Es klingt aufgesetzt.

Ich beäuge Ira verstohlen von der Seite. Ein feines Netz aus unzähligen Fältchen umgibt ihre Augenpartie. Die Haare sind mit grauen Strähnen durchzogen. Auch ihre Kleidung ist schwarz ohne einen einzigen Farbtupfer. Sie ist älter, als ich im ersten Moment gedacht habe, ungefähr im Alter meiner Mutter. Ich glaube, einen Hauch von Alkohol in ihrem Atem riechen zu können. Doch das ist mir in diesem Moment mehr als gleichgültig. Ich wäre zum Teufel persönlich ins Auto gestiegen, wenn er mir versprochen hätte, mich bis Berlin mitzunehmen.

Ira schaltet das Radio ein. »Stört dich die Musik?«

»Überhaupt nicht.«

Ich lasse den Kopf gegen die Stütze sinken und schließe die Augen. Nur kurz ausruhen. Zu den leisen Trompetenklängen einer mir unbekannten Jazzband dämmere ich langsam weg. Und schrecke mit einem Schrei auf den Lippen hoch, als mich jemand am Arm packt. Mein erster Gedanke ist: *David! Er hat mich gefunden.*

»Sorry, ich wollte dir keinen Schrecken einjagen.«

Verwirrt sehe ich mich um, registriere, dass ich mich in einem fahrenden Auto befinde, mit einer Frau am Steuer.

»Habe ich geschlafen?«

»Du hast geschnarcht wie ein Bär«, gluckst die Fahrerin.

Sie heißt Ira, fällt mir wieder ein. Ich wische mir übers Gesicht und gähne. Wir sind bereits in Berlin, stelle ich nach einem Blick aus dem Seitenfenster fest. Trotz der späten Stunde hasten Menschen, in dicke Jacken und Schals gehüllt, über die Bürgersteige. Vor uns schiebt sich eine rotäugige Autoschlange auf eine ausgeschaltete Ampel zu. Ich war noch nie so froh, wieder im unübersichtlichen Gewusel der Großstadt angekommen zu sein.

»Wo soll ich dich absetzen?«, fragt Ira, den Blick auf die Fahrbahn geheftet. »Wäre Alexanderplatz okay?«

»Das wär super«, sage ich.

Direkt am Alexanderplatz gibt es ein Polizeirevier. Dahin wird mein erster Gang mich führen. Ich hätte Ira gleich um ihr Handy bitten sollen, um die Polizei zu informieren. Warum fällt mir das jetzt erst ein?

Zu den verklingenden Tönen eines Saxofons verkündet ein Moderator, dass es Mitternacht ist und damit Zeit für die neuesten Nachrichten. Ich höre nur mit halbem Ohr zu, lege mir zurecht, was ich auf dem Revier sagen werde. Um nicht von vornherein unglaubwürdig zu erscheinen, darf ich nichts beschönigen. Schließlich bin ich bei der Polizei kein unbeschriebenes Blatt mehr. Einfach wird es nicht werden. Aber dieses Mal habe ich den Mord mit eigenen Augen gesehen. Ich kann bezeugen, dass David ein Mörder ist. Der Gedanke an Alexanders grausamen Tod löst eine Flut von Gefühlen in mir aus: Trauer, Wut und Schuld. Hätte ich David nicht entführt, wäre das alles nicht passiert. Wo habe ich nur meinen Verstand gelassen? Ich schaue aus dem Seitenfenster und blinzle die Tränen weg.

»Und hier noch ein wichtiger Hinweis der Polizei«, dringt die sonore Stimme des Nachrichtensprechers an meine Ohren. Ich werde hellhörig.

»Am frühen Abend ist in einem Waldstück in der Schorfheide ein Polizist getötet worden. Dringend der Tat verdächtigt wird eine Frau, die flüchtig ist und eine Waffe mit sich führt. Sobald wir Näheres wissen, melden wir uns wieder.«

Ich bin wie vor den Kopf geschlagen. Wieso ist eine Frau tatverdächtig? Mir wird erst heiß, dann kalt.

»Du hirnloser Vollidiot«, schimpft Ira in dieser Sekunde los. Sie steigt auf das Bremspedal und drückt gleichzeitig auf die Hupe. »Man blinkt, wenn man die Spur wechselt. Oder was glaubst du, wozu diese Vorrichtung in jedes Auto eingebaut ist?«

David hat den Spieß umgedreht. Die Erkenntnis überfällt mich mit einer solchen Wucht, dass es mir den Atem verschlägt. Ich habe versäumt, ihm das Handy abzunehmen. Er hat noch am Tatort die Polizei verständigt. Wahrscheinlich suchen sie bereits nach mir.

»Stimmt was nicht?«, fragt Ira. In ihrer Stimme klingt Anteilnahme mit.

Ganz unerwartet verspüre ich das Bedürfnis, mich ihr anzuvertrauen, aber ich beherrsche mich. Sie ist eine Fremde. Wieso sollte ausgerechnet sie mir glauben?

»Nein, nein, alles okay«, behaupte ich.

Sie mustert mich kurz von der Seite. »Sicher?«

»Sicher«, sage ich.

Die Frontscheibe gibt den Blick auf den Fernsehturm frei, der den Alexanderplatz weit überragt. Aus der Restaurant-Kuppel wächst ein rot blinkender Mast in den Himmel. Davor erstrahlt die gläserne Fassade des Kaufhofs in einem satten Grünton.

Mit einem Mal habe ich das Gefühl, ersticken zu müssen, wenn ich nicht sofort an die frische Luft komme.

»Du kannst mich an der nächsten Ampel rauslassen«, presse ich mit Mühe hervor. »Ich laufe das letzte Stück.«

»Wie du meinst«, sagt Ira gedehnt.

Mit einem Mal ist mir zum Heulen.

»Hier, meine Visitenkarte.« Sie reicht sie mir rüber. Keine Ahnung, wo sie die so schnell hergezaubert hat.

Bevor ich etwas erwidern kann, sagt sie: »Melde dich bei mir, wenn du magst. Jederzeit. Okay?«

»Sie kennen mich doch gar nicht«, sage ich verwundert.

»Du erinnerst mich an jemanden«, sagt sie mit rauer Stimme. »Sehr sogar. An jemanden, der mich um Hilfe gebeten hat und dem ich sie verwehrt habe. Ich habe den Eindruck, dass du in einer ähnlichen Situation bist.«

»Danke.« Ich schlucke schwer an dem Kloß in meiner Kehle und stecke die Karte in meine Jackentasche. »Und vielen Dank noch mal dafür, dass Sie«, ich verbessere mich und schenke ihr ein kleines Lächeln, »dass du mich mitgenommen hast.«

»Pass gut auf dich auf.« Ira hält an der roten Ampel. »Und jetzt raus mit dir«, sagt sie mit einer betont fröhlichen Stimme. Aber ich kann die Traurigkeit, die darin mitschwingt, sehr wohl hören.

»Auf Wiedersehen.« Ich nehme den Rucksack aus dem Fußraum und steige aus.

Auf dem Bürgersteig drehe ich mich noch mal zu ihr um. In einer spontanen Geste hebe ich die Hand zu einem Gruß. Sie winkt zurück und fährt davon. Ein wehmütiges Gefühl beschleicht mich. Fast bereue ich es, ausgestiegen zu sein. Ich komme mir schutzlos und verwundbar vor. Als wäre ich ganz allein auf der Welt und hätte niemanden, zu dem ich mich flüchten könnte.

17

Eine Passantin eilt an mir vorbei, beäugt mich von der Seite, rümpft die Nase und beschleunigt ihre Schritte, als hätte ich eine ansteckende Krankheit. Anscheinend hält sie mich für eine etwas verwahrloste Obdachlose. Was jedoch kein Grund ist, mich derart abfällig zu mustern. Am liebsten würde ich ihr hinterherlaufen und sie zur Rede stellen. Aber dafür bin ich einfach zu müde. Mit gesenktem Kopf trabe ich weiter.

Erst als ich den Alexanderplatz erreicht habe, wird mir bewusst, dass ich mir den Weg zur Polizei sparen kann. Die werden mich natürlich sofort festnehmen, weil sie mich für Alexanders Mörderin halten. Ich sollte nach Hause fahren, mich ausruhen und wieder zu Kräften kommen. Dann kann ich in Ruhe darüber nachdenken, wie es weitergehen soll. Ich durchquere die Bahnhofshalle und quäle mich die steile Treppe zum Bahnsteig hoch. Erst als ich schon fast oben bin, wird mir klar, dass meine Wohnung auch keine Option ist. Womöglich durchsucht die Polizei sie gerade. Dann laufe ich ihnen direkt in die Arme. Ich bleibe stehen. Eine S-Bahn fährt ein und hält mit einem Quietschen, die Türen öffnen sich. Eine Handvoll Leute strebt an mir vorbei nach unten.

Wo soll ich aber sonst hin? Zu meiner Mutter? Bei ihr waren sie sicher auch schon. Die Arme wird ganz verstört und außer sich vor Sorge sein. Reflexartig greife ich in die Jackentasche. Mist, ich habe mein Handy ja verloren, fällt mir wieder ein. Ich schleppe mich die Stufen zurück nach unten. Die Erschöpfung hängt mir schwer wie Blei im Körper. Ich sehne mich nach einem heißen Bad und einem Bett.

Die mit Neonlicht grell ausgeleuchtete Eingangshalle des Bahnhofs hat etwas Gespenstisches. Ich gehe durch die Gänge und halte Ausschau nach einer Telefonzelle. Bei den Schließfächern werde ich fündig. Meine Mutter nimmt beim ersten Klingelton ab, als hätte sie meinen Anruf erwartet.

»Berger«, meldet sie sich, einen ängstlichen Unterton in der Stimme.

»Ich bin's, Mama«, sage ich und breche in Tränen aus.

»Kind, wo steckst du? Warum hast du nicht auf meine Anrufe reagiert? Ich dachte, du bist bei Alexander. Die Polizei war hier. Man hat deinen Wagen gefunden. Sie sagen, du hast einen Mann erschossen.« Sie klingt mit jedem Satz schriller, was wohl ihrer Sorge um mich und der Aufregung geschuldet ist.

»Ich war das nicht«, schluchze ich. »Das war David.«

»David?«, wiederholt meine Mutter verständnislos. »Wer ist David?«

»Tonis Mann.«

»Aber –«

»Ich kann dir das nicht in zwei Sätzen erklären. Nicht am Telefon. Das ist –« Ich heule so sehr, dass ich die Worte nicht mehr herausbringe.

Aus den Augenwinkeln sehe ich zwei Streifenpolizisten auf mich zukommen. Schnell wende ich mich ab, raune in den Hörer: »Ich melde mich wieder bei dir.« Dann hänge ich das Telefon in die Gabel und wische mir die Tränen von den Wangen.

Wenn ich zum Ausgang will, muss ich an den beiden vorbei. Ich ziehe mir die Kapuze tief ins Gesicht und laufe mit gesenktem Kopf los, den Blick fest auf den Boden geheftet. Mir ist richtig schlecht vor Aufregung. Die beiden, eine Frau und ein Mann, unterhalten sich angeregt miteinander und scheinen mich gar nicht wahrzunehmen.

Bleib ganz ruhig. Du hast es bald geschafft.

Ich halte die Luft an und gehe an ihnen vorbei. Es sind nur noch wenige Meter bis zum Ausgang.

»Hey, Sie da«, ruft in diesem Augenblick eine Männerstimme hinter mir. »Warten Sie mal!«

Ich tue, als hätte ich den Ruf nicht gehört, und zwinge mich dazu, nicht zu rennen, sondern ganz normal weiterzugehen. Schnelle Schritte näheren sich mir. Mein Herzschlag setzt kurz aus. Jetzt ist es zum Weglaufen zu spät. Sie haben mich. Ich bleibe stehen, wende mich langsam um.

»Hier.« Der Uniformierte hält mir meinen Rucksack hin. »Den haben Sie stehen lassen.

»Oh.« Ich nehme ihn entgegen und versuche ein Lächeln. »Den habe ich glatt vergessen. Vielen, vielen Dank.«

»Keine Ursache«, antwortet er. Gleichzeitig tastet sein Blick mein Gesicht ab. Ich merke, wie ich rot werde.

»Können wir sonst noch etwas für Sie tun?«, erkundigt sich der Polizist.

»Nein, nein«, versichere ich. »Ich bin gestürzt, aber außer ein paar Schrammen ist mir nichts weiter passiert.«

»Ah, ja«, sagt er. Es ist ihm anzusehen, dass er mir kein Wort glaubt.

»Vielen Dank noch mal«, sage ich rasch. »Auf Wiedersehen.«

Dann sehe ich zu, dass ich wegkomme. Ich rechne jede Sekunde damit, dass er mich noch mal zurückruft. Doch ich schaffe es ungeschoren aus dem Bahnhof hinaus.

18

Ich überquere die Schienen der Tram und laufe an den hell erleuchteten Schaufenstern der Galeria Kaufhof vorbei. Der Weihnachtsmarkt liegt im Schein der Straßenlampen verlassen da. Die Buden sind verrammelt, die Karussells stehen still. Eine Krähe hackt auf etwas herum, das vor ihr auf dem Boden liegt.

Ich habe nicht die geringste Ahnung, wohin ich gehen könnte, und verlangsame automatisch meine Schritte. Ein Hotel kommt nicht infrage, denn beim Einchecken wird in der Regel ein Ausweis verlangt. Das ist mir zu riskant. Von einer Litfaßsäule lacht mir in Lebensgröße der erfolgreichste deutsche Thrillerautor entgegen. Er sitzt breitbeinig auf einem Stapel seines neuen Buches und hält eins davon in den Händen. Natürlich! Auf das Naheliegende kommt man oft erst ganz zum Schluss.

Selbst die Oranienburger Straße, in der sich tagsüber auf den schmalen Gehwegen Trauben von Touristen drängeln, ist um diese Uhrzeit menschenleer. Eine Tram schiebt sich ratternd an mir vorbei. In einigen Kneipen brennt noch Licht, aber die meisten haben bereits Feierabend gemacht. Niemand begegnet mir auf dem Weg zur Buchhandlung.

Warme Heizungsluft und der typische, etwas muffige Geruch nach altem Papier wehen mir in die Nase, als ich die Tür aufschließe. Ich liebe diesen Duft und sauge ihn jedes Mal tief in meine Lungen ein. So auch jetzt. Doch das Gefühl, hierherzugehören und gut aufgehoben zu sein, will sich heute nicht einstellen. Ich komme mir fast wie ein Eindringling vor. Meine Hand sucht automatisch den Lichtschalter neben dem Eingang, in letzter Sekunde ziehe ich sie wieder zurück. Keine gute Idee. Im Dunkeln taste ich mich durch den Laden Richtung Küche. Ich drücke die Tür ins Schloss und lasse den Rollladen herunter, bevor ich das Licht anknipse. Dann hänge ich meine Jacke an den Haken an der Wand und zerre mir die Stiefel von den schmerzenden Füßen. Aus dem Kasten neben dem Kühlschrank nehme ich mir eine Flasche Wasser und trinke sie in einem Zug halb leer. Danach fühle ich mich etwas besser. Auf Strümpfen tappe ich zu dem Stuhl am Tisch, setze mich und bette den Kopf auf meine Arme. In was für einen unsäglichen Schlamassel habe ich mich da hineingeritten? Mir ist schon wieder nach Heulen zumute. Doch selbst dazu bin ich zu erschöpft.

Ich muss ein paar Stunden schlafen, damit ich wieder klar denken kann. Mit den Händen stütze ich mich auf der Tischplatte ab und erhebe mich steifbeinig. Im letzten Moment denke ich daran, meine nasse Jacke über den Stuhl zu drapieren und zum Trocknen vor die Heizung zu ziehen. Anschließend lösche ich das Licht und begebe mich zu dem Sofa in der Ladenecke. Durch die Lamellen der Schaufensterjalousie sickert ein fahler Lichtschein in den Raum. Der Heizkörper blubbert leise vor sich hin. Es gelingt mir gerade noch, die kratzige Wolldecke über mich zu ziehen, dann bin ich auch schon eingeschlafen.

* * *

Mit einem Ruck werde ich wach, fahre wie elektrisiert vom Sofa hoch. Die Wolldecke rutscht auf den Boden. Was war das? Hektisch schaue ich mich im Laden um. Frühes graues Licht zeichnet die Umrisse der Bücherregale nach, in den Ecken kauern dunkle Schatten. Nur langsam beruhigt sich mein Herzschlag wieder. Es gibt keine Stelle an meinem Körper, die nicht schmerzt. Und der Geschmack in meinem Mund ist einfach widerlich. Draußen rumpelt eine Tram vorbei. Die Stadt erwacht langsam zu einem neuen Tag. Stöhnend komme ich auf die Beine. Ich fühle mich völlig benebelt.

Du musst weg, bevor Mutter hier auftaucht. Auf dem Weg in die Küche ist das mein erster klarer Gedanke. Wie ich sie kenne, wird sie mich überreden wollen, mich der Polizei zu stellen. Auf der Rückseite eines Bestellzettels schreibe ich ihr eine kurze Nachricht:

> Liebe Mama, mach dir keine Sorgen, alles wird wieder gut. Ich melde mich bei dir, sobald ich kann. Alles Liebe Michaela PS: Ich habe mein Handy verloren.

Ich platziere die Notiz gut sichtbar auf dem Küchentisch und quetsche mich in unserem winzigen Toilettenraum vor das Waschbecken. Der Spiegel zeigt mir mein blasses Gesicht, über die rechte Wange zieht sich eine mit getrocknetem Blut verkrustete Schramme. Die Haut um mein rechtes Auge hat sich bläulich verfärbt. Vermutlich ein Zweig, der mich unglücklich getroffen hat. Meine Haare sind völlig zerzaust. Die Wunde am Hinterkopf pocht. Kein Wunder, dass Ira bei meinem Anblick angenommen hat, ich sei verprügelt worden. Ich wasche mir das Gesicht, tupfe vorsichtig die Schramme an der Wange trocken. Sie brennt, blutet zum Glück aber nicht mehr. Das Kämmen meiner Haare hätte ich mir sparen können. Die Frisur sieht danach noch beschissener aus als vorher, stelle ich mit einem Anflug von Galgenhumor fest. Mangels Zahnbürste und Zahnpasta spüle ich meinen Mund gründlich mit Wasser aus. Mein Magen signalisiert mir knurrend, dass ich etwas essen sollte. Im Kühlschrank in der Küche finde ich eine angeschimmelte Scheibe Käse. Ich werfe sie in den Mülleimer und trinke die Wasserflasche leer. Dann schlüpfe ich in meine Jacke, die sich außen warm und trocken, innen aber immer noch klamm anfühlt, schultere den Rucksack und trete auf die Straße.

Über Nacht sind die Temperaturen unter null gefallen. Eine dünne Reifschicht, in der im Schein der Straßenbeleuchtung Eiskristalle glitzern, überzieht die Dächer der parkenden Autos. Noch taucht die Dämmerung den beginnenden Tag in ein dunkles Grau, aber lange wird es nicht mehr dauern, bis es hell ist und der Hackesche Markt sich mit Menschen füllt.

Ich reibe meine Hände aneinander und ziehe fröstelnd die Schultern hoch. Am liebsten würde ich mich wieder in die vertraute Wärme der Buchhandlung flüchten. Kurz entschlossen wandere ich die Oranienburger Straße entlang bis zur Friedrichstraße. Kaum jemand begegnet mir auf dem Weg. Inzwischen ist mir vor lauter Hunger schon ganz flau. Am S-Bahnhof entdecke ich ein Café, das so gut wie leer ist. Ich ordere am Tresen ein Croissant-Frühstück und stelle beim Bezahlen fest, dass ich fast kein Bargeld mehr habe. Auch das noch. Mit dem Tablett verziehe ich mich in eine Ecke des Ladens. Außer mir ist nur eine junge Frau hier, die allerdings intensiv mit ihrem Smartphone beschäftigt ist. Ich trinke einen Schluck von meinem Cappuccino und beiße in mein Croissant. Es schmeckt nach Pappe, trotzdem verspeise ich es mit Heißhunger. Dann schiebe ich das Tablett von mir und lehne mich im Stuhl zurück.

Was jetzt? Ich muss etwas unternehmen, um zu beweisen, dass nicht ich, sondern David Alexander erschossen hat. Was ist mit Toni? *Vergiss es. Sie wird nie etwas tun oder sagen, was David schaden könnte. Schon gar nicht jetzt, wo sie Mutter geworden ist.*

Gedankenverloren starre ich auf den flimmernden Bildschirm an der Wand gegenüber. Das Café beginnt, sich zu füllen. Der Lärmpegel steigt. Zeit zu gehen. Ich erhebe mich und erstarre in der Bewegung. Aus dem Fernseher schaut mir in Großaufnahme mein Konterfei entgegen. Plötzlich habe ich das Gefühl, dass alle Blicke auf mich gerichtet sind. Ohne nach links und rechts zu schauen, stürze ich auf die Straße. Nichts wie weg hier.

Unter der S-Bahn-Brücke staut sich der Verkehr, ich überquere zwischen zwei Autos die Straße. Der penetrante Geruch nach Abgasen schlägt mir auf den Magen. Ich renne Richtung Bahnhof und stoppe erst, als ich im Sanitärbereich ankomme. Eine Hand auf meine Körpermitte gepresst, stolpere ich in eine Toilette. Nachdem ich mein Frühstück wieder losgeworden bin, geht es mir etwas besser. Langsam beruhigt sich auch mein Pulsschlag.

Das Gefühl, dass ich von allen Seiten gemustert werde, will einfach nicht weichen. Wahrscheinlich ist es Einbildung, aber ich stülpe mir vorsichtshalber die Kapuze wieder über und gehe mit gesenktem Kopf durch die Bahnhofshalle.

Etwas, das Alexander am See erwähnt hat, lässt mich nicht mehr los. Er hat angedeutet, der Fall solle neu aufgerollt werden und er sichte zurzeit das Aktenmaterial. Dabei seien ihm Ungereimtheiten aufgefallen. Womöglich hat David das auch mitbekommen und Alexander deshalb umgebracht?

Ich brauche die Akte. Nur – wie komme ich an die ran? Sagte er nicht, er würde die Akte nach Feierabend durchsehen?

Vielleicht hat er sie mit nach Hause genommen. Mein Herz macht einen aufgeregten Hüpfer.

Die S-Bahn nach Frohnau steht bereits am Bahnsteig. Das Zeichen zur Abfahrt ertönt, die Lichter über den Türen blinken rot. In letzter Sekunde schaffe ich es, mich in einen rappelvollen Waggon zu quetschen, ohne von der schließenden Tür eingeklemmt zu werden.

19

Auf Tonis Einweihungsfete hat Alexander in einem Nebensatz erwähnt, dass er vor einiger Zeit in das Haus seiner verstorbenen Eltern gezogen sei. Ich bin nur ein einziges Mal dort gewesen. Als Erik seinen Geburtstag ganz groß gefeiert hat. Auf der Party hat Paul mit seinen Freunden gewettet, dass er es schafft, mich zu knacken, und sich deshalb an mich rangemacht. Aber das konnte ich zu dem Zeitpunkt natürlich nicht wissen. Schnell verdränge ich den Gedanken daran wieder.

Nach einiger Zeit leert sich der Zug, und ich kann meinen Stehplatz endlich gegen einen Sitz am Fenster tauschen. Grübelnd schaue auf die vorbeihuschenden Häuser. Wenn ich die Zeit zurückdrehen könnte, würde ich es dann noch mal genauso machen? David entführen, nur um die Wahrheit zu erfahren? Vermutlich nicht. Doch jetzt, wo Alexander durch meine Schuld umgekommen ist, bleibt mir nichts anderes, als weiterzumachen. Ich denke an Toni und das Baby. Wie weh es ihr tun wird, wenn sie erfährt, wer ihr Mann wirklich ist. Wird sie stark genug sein, zu verkraften, dass er ein Mörder ist? Oder wird sie daran zerbrechen?

Die Ansage, dass der nächste Halt Frohnau ist, unterbricht meine Überlegungen. Ich steige aus und eile die Treppe zum Ausgang hoch. Dummerweise kann ich mich nicht mehr erinnern, wie die Straße heißt, in der Alexanders Elternhaus steht. Ich weiß nur noch, dass es eine Sackgasse ist und sich in unmittelbarer Nähe ein Friedhof befindet.

Obwohl Frohnau zu Berlin gehört, glaubt man sich in einer Kleinstadt, nachdem man die Umgebung des S-Bahnhofs hinter sich gelassen hat. Die Straßen sind schmal, auf beiden Seiten von Bäumen gesäumt. Einfamilienhäuser mit gepflegten Gärten dominieren das Bild. Kurz vor dem Friedhof zweigt eine Sackgasse nach rechts ab. Hier müsste ich richtig sein. Ich folge der mit Pflastersteinen ausgelegten Straße bis zum letzten Haus. Das Grundstück liegt ein paar Meter zurückversetzt. Hinter drei mächtigen Bäumen duckt sich ein altes Haus, als würde es sich für seine schmutzig graue Fassade schämen. Ich vergewissere mich, dass niemand in der Nähe ist, dann drücke ich die Klinke der Gartenpforte hinunter. Sie schwingt auf, die Scharniere quietschen laut, als wollten sie Protest gegen mein unerlaubtes Eindringen erheben. Die Gardinen hinter den trüben Fensterscheiben weisen deutliche Spuren von Vergilbung auf. Im Vorgarten stapelt sich überall Baumaterial.

Das Haus macht einen verlassenen Eindruck, aber ich klingele trotzdem. Womöglich hat Alexander hier nicht allein gewohnt. Wenn mir jemand öffnet, behaupte ich einfach, dass ich mich in der Hausnummer geirrt habe. Doch auch nach dem zweiten Klingeln kommt niemand an die Tür. Rechter Hand führt ein schmaler Weg nach hinten. Der Garten sieht verwahrlost aus, als wäre er seit Jahren nicht mehr gepflegt worden. An der Hauswand steht neben einer Regentonne aus grünem Plastik eine Holzbank. Rechts davon entdecke ich die Treppe zum Keller. Die abgetretenen Betonstufen enden an einer schmalen, braun lackierten Tür. Natürlich abgeschlossen. Versuchsweise stemme ich mich mit meinem ganzen Körpergewicht dagegen. Aber die Tür gibt keinen Millimeter nach.

Ich gehe die Treppe wieder hoch und sehe mir die Fenster genauer an. Von den Rahmen blättert der ehemals weiße Anstrich. Das Holz weist deutliche Fäulnisspuren auf. Beide Fenster liegen in Augenhöhe. Im Vorgarten habe ich eine Palette mit Pflastersteinen gesehen. Ich eile vors Haus, kehre mit einem Stein zurück und schiebe die Bank unter eins der Fenster. Sie ächzt unter meinem Gewicht und wackelt bedenklich, aber sie bricht nicht zusammen. Mit dem Stein schlage ich in Höhe des Fenstergriffes auf die Scheibe. Das Glas zersplittert, in Sekundenschnelle entsteht ein Spinnennetz aus unzähligen winzigen Rissen. Beim zweiten Schlag brechen mehrere Glasstücke heraus. Die gezackte Öffnung ist groß genug, um hindurchzugreifen. Ich lasse den Stein achtlos auf den Boden fallen, strecke vorsichtig meine Hand durch das Loch und drehe den Griff. Das Fenster öffnet sich.

Mittlerweile bin ich schweißgebadet. Blut tropft von meiner Hand. Ich habe nicht mal bemerkt, dass ich mich verletzt habe. Schnell zerre ich ein Taschentuch aus der Packung in meiner Jackentasche und presse es einige Sekunden auf den Schnitt. Er ist zum Glück nicht sehr tief. Weh tut er trotzdem. Mit der unverletzten Hand drücke ich das Fenster weiter auf. Meinen Rucksack deponiere ich auf der Bank und klettere ins Hausinnere.

Als ich mich drinnen umwende, um das Fenster zu schließen, entdecke ich ein mehrstöckiges Haus auf dem benachbarten Grundstück. Es ist etwa zwanzig, dreißig Meter entfernt. Steht da ganz oben auf dem Balkon jemand und schaut herüber? Da, rechts in der Ecke. Ich kneife die Augen zu, schaue genauer hin. Das ist kein Mensch, das ist ein zusammengefalteter Sonnenschirm, stelle ich erleichtert fest. Trotzdem fühle ich mich nicht besonders wohl in meiner Haut. Vielleicht hat ja doch jemand von dort meinen Einbruch beobachtet und verständigt gerade die Polizei. Ich sollte zusehen, dass ich so schnell wie möglich von hier verschwinde.

Ich bin in der Küche gelandet. Benutzte Teller und Töpfe stapeln sich in der Spüle, in der Luft hängt der Geruch nach Gebratenem, als hätte Alexander vorhin erst das Haus verlassen. Schnell verdränge ich den Gedanken an ihn, durchquere den Raum und gelange in eine dunkle Diele, von der zwei Zimmer abgehen. Eins stellt sich als Schlafzimmer heraus, es riecht dort nach Alexanders Rasierwasser. Die andere Tür führt ins Wohnzimmer. Auf dem niedrigen Couchtisch liegt ein Aktenordner. Ich nehme ihn zur Hand. Auf dem Rücken steht handschriftlich, schon etwas verblasst, die Jahreszahl 2003, darunter Mordfall Paul Wagner. Die Namen von Erik, Juli und Maike folgen. Ich schlage den Ordner auf und sofort wieder zu, als mir das Foto vom Tatort entgegenspringt. Das muss ich mir jetzt wirklich nicht antun. Schnell lege ich den Ordner auf den Tisch zurück. Dabei fällt mir ein Schreibblock ins Auge.

Offenbar hat Alexander darauf Notizen gemacht. Seine Schrift ist allerdings kaum zu entziffern. Die Buchstabenfolge DNA steht in großen Lettern in der Mitte des Blattes. Alexander hat einen Kreis darum gemalt, von dem einige Pfeile abgehen. Was dahinter steht, ist ein ziemliches Gekritzel, das ich beim besten Willen nicht entziffern kann. Ich blättere eine Seite weiter. Sie ist leer. Mehr scheint er nicht notiert zu haben.

In diesem Moment höre ich das Motorgeräusch eines sich nähernden Autos. Ich eile zum Fenster, schiebe die Gardine ein kleines Stück zur Seite und spähe hinaus.

20

Der Wagen hält direkt vor dem Haus. Ich weiche vom Fenster zurück. Also lag ich mit der Befürchtung richtig, dass der Einbruch nicht unbemerkt geblieben ist. Rasch reiße ich das oberste Blatt vom Block und stopfe es in meine Hosentasche, während ich in die Küche eile. Als ich das Fenster öffne, schrillt die Türklingel wie eine Alarmsirene durchs Haus. Rasch steige ich auf die Fensterbank und klettere hinaus. Keine Minute später stehe ich hinterm Haus, schnappe mir meinen Rucksack und renne, ohne zu überlegen, quer durch den Garten. Das Grundstück endet an einem Lattenzaun, dahinter erkenne ich einen Pfad, der sich an einem kleinen Birkenhain entlangschlängelt.

Ich schaue hinter mich. An der wackeligen Bank vor dem Fenster, durch das ich gerade geflohen bin, steht ein Mann und inspiziert die zerbrochene Scheibe. Er kommt mir irgendwie bekannt vor. Die Statur, die Haltung. Ist das nicht –? Jetzt dreht er sich um, sein Blick wandert über das Grundstück. Doch, es ist Robert. Mit einem Satz flüchte ich hinter einen Baum. Was macht der denn hier? Ich warte ein paar Sekunden, dann linse ich an dem Baumstamm vorbei. Robert geht gerade an der Hausmauer entlang nach vorne. Am Ohr das Handy. War das wirklich Robert? Oder haben mir meine überreizten Sinne einen Streich gespielt? Wie auch immer, ich muss hier weg.

Ich schaue mich um. Hinter einem Busch liegt ein Sammelsurium aus erdverkrusteten Blumentöpfen, Plastikeimern und anderen Gartenutensilien. Ich wähle den größten Eimer aus, platziere ihn vor dem Zaun und klettere auf die andere Seite. Im Laufschritt folge ich dem Weg bis zu einer befestigten Straße. In der Ferne erklingt ein Martinshorn, das sich schnell nähert. Das kann aber nicht mir gelten. So prompt ist die Polizei nicht zur Stelle. Oder doch? Ich verlangsame meine Schritte. Jetzt bloß nicht auffallen.

Auf dem Weg zurück zum Bahnhof kommt mir nur eine ältere Frau entgegen, die einen Dackel an der Leine führt. Sie grüßt freundlich, als würden wir uns kennen, während der Hund in meine Richtung zerrt, um mich zu beschnüffeln. Ohne ihren Gruß zu erwidern oder meinen Schritt zu verlangsamen, gehe ich weiter. Obwohl ich mich um ein normales Tempo bemüht habe, um nicht aufzufallen, bin ich außer Atem, als ich auf dem Bahnsteig ankomme. Laut Anzeigetafel dauert es noch fünf Minuten, bis der Zug einfährt. Unruhig tigere ich hin und her, schiele immer wieder zur Treppe. Obwohl es eher unwahrscheinlich ist, dass die Polizei so schnell eine Fahndung ausgelöst hat, bin ich erleichtert, als die Bahn einfährt und ich endlich von hier wegkomme.

Ich lehne meinen Kopf an die Rückenlehne des Sitzes und schließe die Augen. Die Wärme im Waggon macht mich schläfrig. Jetzt, wo meine Anspannung ein wenig weicht und ich langsam zur Ruhe komme, merke ich erst, wie sehr mich das Ganze mitgenommen hat. Man steigt ja nicht jeden Tag in fremde Häuser ein. Kurz bevor ich wegdämmere, fällt mir der Notizzettel ein. Augenblicklich bin ich wieder hellwach. Wo habe ich ihn hingetan? Ich finde ihn zusammengeknüllt in der rechten Hosentasche und falte ihn auseinander.

Wie beim ersten Mal fällt mein Blick auch jetzt sofort auf die eingekreisten Buchstaben in der Mitte. DNA. Ich versuche, zu entziffern, was Alexander jeweils bei den vom Kreis abgehenden Pfeilen vermerkt hat. *Regen* kann ich entziffern, *Spuren verwischt*, aber das war's dann auch schon. Die übrigen Worte ergeben ohne Hintergrundwissen keinen Sinn. Oder es sind Abkürzungen, deren Bedeutung sich mir nicht erschließt. Ich grübele noch eine Weile darüber nach, was *iMdT*, das Alexander zweimal dick unterstrichen hat, bedeuten könnte, komme aber zu keinem brauchbaren Ergebnis. Frustriert stopfe ich den Zettel zurück in die Hosentasche. Doch Ruhe finde ich jetzt nicht mehr. Toni fällt mir ein. Wenn ich es geschickt anstelle, könnte ich vielleicht von ihr erfahren, ob David im Sommer 2003 in Berlin war. Der Gedanke lässt mich nicht mehr los. Ich versuche, mich an ihre letzte Nachricht zu erinnern. Hat sie das Krankenhaus genannt, in dem sie entbunden hat? Ja, das hat sie. Und dass sie noch eine Woche dortbleiben muss. Ich richte mich kerzengrade auf. Natürlich kann ich nicht ausschließen, dass sie bereits über alles informiert ist und nicht mit mir reden will. Egal. Das Risiko muss ich eingehen.

An der S-Bahn-Station Schöneberg steige ich aus und frage mich durch. Ein feiner Nieselregen setzt ein, als ich in die Straße einbiege, in der sich die Klinik befindet. Die zweiflügelige Glastür öffnet sich automatisch, als ich näherkomme. Mit beiden Händen fahre ich mir durch die feuchten Haare und hoffe, dass ich einen einigermaßen vertrauenserweckenden Eindruck mache.

Der typische Krankenhausgeruch nach scharfen Reinigungs- und Desinfektionsmitteln weht mir schon im Eingangsbereich entgegen. Ich straffe die Schultern und steuere zielstrebig auf die Rezeption zu. Die ältere Dame hinterm Tresen, Solariumbräune, rot gefärbter Pagenkopf – der Ansatz schimmert unter der Neonröhre rosa –, schenkt mir ein professionell freundliches Lächeln.

»Was kann ich für Sie tun?« Die Augen hinter den modisch übergroßen Brillengläsern taxieren mich, ohne eine Miene zu verziehen. Lediglich eine kaum wahrnehmbare Abwärtsrichtung der Mundwinkel verrät mir, dass ihr missfällt, was sie vor sich sieht. Ich zwinge mich, ihrem Blick standzuhalten. Nur nicht verunsichern lassen.

»Eine Freundin von mir hat hier entbunden. Ich würde sie gern besuchen. Dummerweise habe ich die Zimmernummer vergessen.« Ich zucke entschuldigend mit der Schulter.

»Name?« Ihr Tonfall klingt ein bisschen nach einer künstlich generierten Computerstimme. Keine Modulation.

Ich gebe ihr die gewünschte Auskunft. Sie wendet sich dem Computer zu. Ihre zu spitzen Krallen manikürten Nägel eilen klackernd über die Tasten.

»Ah ja. Da haben wir sie«, sagt sie und greift nach dem Telefon. »Ich melde Ihr Kommen gern an. Wie ist Ihr Name?«

Ich bin kurz davor, die Flucht zu ergreifen. Es kostet mich unglaubliche Überwindung, ruhig vor dem Tresen stehen zu bleiben.

»Michaela Berger«, sage ich, ein deutlich hörbares Zittern in der Stimme.

»Eine Michaela Berger möchte Sie besuchen, Frau Wilhelmsen«, flötet die Rezeptionistin in die Sprechmuschel. Mir wirft sie, während sie Tonis Antwort abwartet, einen schnellen Seitenblick zu, in dem ich Misstrauen zu lesen glaube.

Alles in mir verkrampft sich. Ich spüre meinen Herzschlag bis in die Schläfen hinein pochen und wage kaum zu atmen.

»Ja, das mache ich, Frau Wilhelmsen.« Sie stellt den Hörer in die Station zurück.

Obwohl meine Nerven flattern, gebe ich mir alle Mühe, möglichst unbefangen zu wirken, schenke der Frau sogar so etwas wie ein Lächeln.

»Wir haben zwar gerade Ruhezeit«, belehrt sie mich mit strengem Blick, »aber Ihre Freundin möchte Sie dennoch sehen.«

»Ach, wie schön. Vielen Dank«, erwidere ich, Freude heuchelnd. »Ist sie denn«, ich zögere kurz, »allein? Oder ist ihr Mann bei ihr?«

»Das entzieht sich meiner Kenntnis«, antwortet sie mit einem affektierten Augenaufschlag.

Sie beugt sich mit dem Oberkörper über den Tresen, gewährt mir einen tiefen Einblick in ihr welkes Dekolleté und weist mit dem gestreckten Zeigefinger nach links. »Durch diese Tür da, dann immer geradeaus den Gang entlang und am Ende wenden Sie sich nach links. Zimmernummer 41.«

»Danke«, sage ich und bewege mich bewusst ohne Eile auf den Eingang zur Station zu. Kaum etwas ist mir je so schwergefallen. Vor Anspannung habe ich meine Hände zu Fäusten geballt. Die Finger sind nun derart verkrampft, dass ich sie kaum auseinanderbekomme. Die Glastür öffnet sich auf Knopfdruck mit einem leisen Ratschen und schließt sich anschließend wieder hinter mir.

Obwohl ich weiß, dass ich die Station durch genau diese Tür jederzeit wieder verlassen kann, fühle ich mich mit einem Mal wie eine Gefangene. Der schmale Gang mit den aprikosenfarbenen Wänden erscheint mir wie ein endloser Schlauch. Das übrige Interieur ist in Pastelltönen gehalten, die wahrscheinlich beruhigend wirken sollen. Der leuchtend rote Feuerlöscher an der Wand gegenüber wirkt darin wie ein Fremdkörper. Der Boden ist mit hellem Linoleum ausgelegt, das unter meinen Schritten nachzugeben scheint. Ich gehe wie auf Watte. Vor einem der Zimmer parkt ein Infusionsständer, an dem ein

Beutel mit einer durchsichtigen Flüssigkeit hängt. Ein Gemisch aus Heizungswärme und Babypuder durchtränkt die Luft. Der Geruch schlägt mir sofort auf den Magen und weckt die Erinnerung an meinen Krankenhausaufenthalt vor fünfzehn Jahren.

Ich hatte bei dem Unfall neben schweren inneren Verletzungen einen doppelten Beckenbruch erlitten und war wochenlang ans Bett gefesselt. Waschen, Toilettengänge, alles musste ich im Liegen oder allenfalls Sitzen auf der Matratze verrichten. In einem Einzelzimmer hätte ich das Ganze wahrscheinlich als nicht ganz so beschämend empfunden, für Krankenschwestern und Pfleger ist so etwas schließlich Routine, aber die mitleidigen, teilweise angewiderten Blicke meiner wechselnden Zimmergenossinnen waren mir ein Gräuel. Nie wieder möchte ich mich so hilflos und ausgeliefert fühlen. Dann lieber sterben.

Der Fluchtimpuls ist so heftig, dass ich sofortt umdrehe und dem Ausgang der Station entgegenstrebe. Ein weiß bekittelter Arzt, das Stethoskop um den Hals, kommt mir entgegen, eilt mit einem flüchtigen Blick in meine Richtung und einem gemurmelten Gruß an mir vorbei. Ich bleibe stehen, schaue ihm nach, wie er mit wehendem Kittel um die Ecke biegt und aus meinem Blickfeld verschwindet. Wenn ich jetzt gehe, vertue ich meine wahrscheinlich letzte Chance, zu erfahren, ob David im Sommer 2003 in Berlin war. Trotz des flauen Gefühls in meiner Magengrube gebe ich mir einen Ruck. Ich kann nicht immer davonlaufen, wenn es schwierig wird. Vor dem Zimmer mit der Nummer 41 stoppe ich.

21

Ich trete ganz nah an die weiß lackierte Tür und lausche. Stille. *Was machst du, wenn David bei ihr ist? Wegrennen?*

Ich atme tief durch, dann klopfe ich an.

»Herein«, tönt es gedämpft an mein Ohr.

Tonis Stimme? Ganz sicher bin ich mir nicht. Die Aufregung beschleunigt meinen Herzschlag. Ich drücke die Klinke hinunter, öffne die Tür einen Spaltbreit und spähe in das Zimmer. Ein merkwürdiger Geruch steigt mir in die Nase. Irgendwie säuerlich. Nicht unangenehm, ich habe etwas Ähnliches allerdings nie zuvor gerochen. Ob Neugeborene so riechen?

Toni sitzt, eingehüllt in einen Bademantel aus rosa Frottee, am Fenster. In den Armen wiegt sie ein weißes Stoffbündel, aus dem ein winziges, rosiges Gesichtchen mit geschlossenen Augen herauslugt. Sie sieht müde aus, aber ihre Augen strahlen, als sei sie der glücklichste Mensch auf der Welt.

»Komm doch rein«, sagt sie.

Ich folge der Aufforderung und schließe die Tür sachte hinter mir. Toni scheint noch nicht zu wissen, was geschehen ist, sonst hätte sie mich nicht so unbefangen begrüßt.

»Hallo, Toni«, flüstere ich.

»Du brauchst nicht zu flüstern.« Sie lacht, laut und herzlich. »Der kleine Schatz ist satt und schläft tief und fest. Den weckt so schnell nichts auf.«

»Wie schön«, sage ich, weil mir nichts anderes einfällt.

»Ich freue mich sehr, dass du mich besuchen kommst. Ist mein kleiner Engel nicht wunderschön?«

»Ja, wunderschön«, wispere ich, obwohl ich finde, dass das Babygesicht etwas von einem Äffchen hat.

»Leider habe ich nicht immer genug Milch«, verrät mir Toni im Plauderton. »Die Hebamme sagt, das wird noch. Aber ich bin etwas in Sorge deswegen.«

»Das kann ich verstehen«, sage ich und komme mir mit einem Mal vollkommen fehl am Platz vor.

Wie soll ich das Gespräch auf David bringen? *Ich kann ja schlecht aus heiterem Himmel fragen: Sag mal Toni, war dein Mann im Juli 2003 in Berlin?*

»Ich war zufällig in der Gegend und wollte nur mal schnell Hallo sagen«, behaupte ich. »Ich muss auch gleich wieder los.«

»Schade«, sagt Toni. »David hat sich heute auch noch nicht blicken lassen«, fügt sie etwas zusammenhanglos hinzu. »Und auf dem Handy erreiche ich ihn nicht. Wahrscheinlich hat er mit seinen Freunden bis in die frühen Morgenstunden gefeiert. Er war ganz aus dem Häuschen und ist fast geplatzt vor Stolz.« Sie kichert. »Als wäre der kleine Mann allein sein Verdienst.«

»Ganz bestimmt taucht er bald auf«, murmle ich und winde mich innerlich.

»Kannst du mir einen Gefallen tun?« Toni erhebt sich schwerfällig aus dem Sessel.

Mein »Ja, gern« kommt etwas zögerlich.

»Nimm ihn bitte mal für ein paar Minuten.« Sie streckt mir das Babybündel entgegen. »Ich möchte schnell duschen, bevor David kommt.«

»Äh … okay«, sage ich und fühle mich überrumpelt. Zaghaft nehme ich ihr das Baby ab. Sie zeigt mir, wie ich das Köpfchen stützen muss, und huscht in das anliegende Badezimmer.

»Ich beeile mich«, verspricht sie und zieht die Tür hinter sich zu.

Etwas verunsichert betrachte ich das rosige Gesichtchen mit den geschlossenen, durchscheinenden Augenlidern und der faltigen Stirn. Die Hände sind zu winzigen Fäusten geballt. Jetzt brabbelt der Kleine leise im Schlaf. Spuckebläschen bilden sich zwischen seinen Lippen. Die Idee kommt aus dem Nichts, verfestigt sich in Sekundenschnelle zu einem Plan.

Und dann agiere ich wie unter Trance. Ich bette das warme Bündel behutsam in die blaue Babytragetasche, die neben dem Bett steht, und breite die Decke über dem kleinen Körper aus. Auf die Rückseite des Speiseplans, der auf dem Tisch liegt, schreibe ich in Druckbuchstaben:

DAVID SOLL GESTEHEN. DANN BRINGE ICH EUCH DAS BABY ZURÜCK.

Aus dem Bad dringt das Geräusch von plätscherndem Wasser. Ich nehme die Tasche und verlasse das Zimmer. Die Tür ziehe ich leise hinter mir zu.

Auf dem Weg zur Rezeption begegnet mir zum Glück niemand. Auch der Platz hinter dem Tresen ist leer. Ich gelange ungehindert aus dem Gebäude. Mit großen Schritten eile ich durch den kleinen Park des Krankenhauses. Ein Mann kommt mir entgegen. Er hält den Kopf gesenkt, hat beide Hände in den Manteltaschen vergraben. Auf seiner Wange prangt ein großes Pflaster. David! Mir wird heiß vor Schreck. Auf der Stelle mache ich kehrt und marschiere zurück. Vor der Eingangstreppe zur Klinik wende ich mich nach links und überquere den vom Regen aufgeweichten Rasen. Dabei rechne ich jeden Augenblick damit, dass David meinen Namen brüllt und mir hinterherrennt. Ich beschleunige meine Schritte, bete, dass das Baby nicht ausgerechnet jetzt zu schreien anfängt.

Alles geht gut. Durch einen Nebenausgang erreiche ich die Straße. Ich eile zu dem Taxistand vor dem Klinikgelände, reiße die Tür des ersten Wagens auf und platziere die Babytasche auf dem Rücksitz. Dann steige ich auf der anderen Seite ein, nehme den Rucksack ab und lege ihn auf den Nebensitz.

»Wo soll es denn hingehen, junge Frau?« Der Fahrer, ein älterer Türke, sein Deutsch fast akzentfrei, dreht sich auf dem Sitz zu mir um. Die Augen in dem durchfurchten Gesicht mustern mich freundlich.

Mist, wo soll ich denn hin mit dem Baby? Zu meiner Mutter kann ich nicht. Zu mir nach Hause auch nicht.

»Moment«, sage ich und fummele die Visitenkarte aus der Jacke.

Irena Kollar, Gesprächs- und Hypnotherapeutin steht auf der Karte und eine Adresse ganz in der Nähe. Ich nenne dem Taxifahrer die Straße.

Er nickt, startet den Motor und fährt los. Ich drehe den Kopf und schaue durch das Heckfenster hinaus. Niemand ist zu sehen. Ich will mich schon abwenden, da registriere ich einen Mann, der vom Krankenhausgelände auf den Bürgersteig rennt. David! Jetzt stoppt er, schaut sich suchend in alle Richtungen um. Rasch rutsche ich auf dem Sitz ein Stückchen nach unten.

»Ich glaube, da winkt ihnen jemand hinterher«, sagt der Taxifahrer und reckt den Hals. »Soll ich anhalten?«

»Nein, nein«, sage ich eine Spur zu hastig. »Fahren Sie bitte weiter.«

»Ganz wie Sie meinen«, sagt er und setzt den Blinker, um abzubiegen.

Ich warte, bis wir in eine Seitenstraße abgebogen sind, dann richte ich mich wieder auf. Im Rückspiegel fange ich einen prüfenden Blick aus dunklen Augen auf. »Alles gut bei Ihnen?«, fragt er.

»Ja, ja. Alles bestens«, antworte ich. Obwohl das genaue Gegenteil der Fall ist. Ich habe das Gefühl, ich bewege mich kontinuierlich auf einen Abgrund zu.

22

Die weitere Fahrt verläuft schweigend. Nur das Baby gluckst ab und zu. Ich beäuge es von der Seite und frage mich, was zum Teufel ich mir dabei gedacht habe. Ein neugeborenes Baby aus dem Krankenhaus zu entführen! Ich muss komplett bescheuert sein. Ich sollte auf der Stelle umkehren und den Kleinen zurückbringen. Doch dann werden sie mich festnehmen, und ich werde vielleicht nie beweisen können, wer der wahre Mörder von Alexander ist. Es ist zum Verzweifeln.

»Wirklich alles in Ordnung mit Ihnen?« Wieder fängt mich der Blick des Taxifahrers im Rückspiegel ein.

»Ja«, versichere ich. »Warum fragen Sie?«

»Sie haben laut gestöhnt, als wäre Ihnen übel.« Er lässt das letzte Wort wie eine Frage klingen. Vermutlich fürchtet er, ich könnte ihm die Sitzpolster seines Wagens vollkotzen.

»Nein, nein. Alles gut«, versichere ich. »Ich habe nur Kopfschmerzen. Ich werde gleich eine Tablette nehmen.«

Stillende Mütter nehmen keine Schmerztabletten, fällt mir siedend heiß ein. Der Fahrer scheint sich aber mit der Antwort zufriedenzugeben und widmet seine Aufmerksamkeit wieder dem Verkehr. Kurze Zeit später biegt der Wagen in eine Anliegerstraße ein und verringert das Tempo.

»So, da wären wir«, sagt er. »Vor welcher Hausnummer soll ich anhalten?«

»Sie können mich gleich hier rauslassen«, sage ich. »Es sind nur noch ein paar Schritte.«

Ich hebe meinen Rucksack auf den Schoß, ziehe den Reißverschluss auf und taste nach dem Portemonnaie. Meine Finger berühren etwas Kaltes, Glattes. Ich schaue hinein, hole die Geldbörse heraus. Darunter liegt die Waffe. Bestürzt starre ich sie an. Wie ist die da reingekommen? Die Szene am See blitzt vor meinem inneren Auge auf. Ich habe die Waffe ganz nach oben in den Rucksack getan. David hat sie dann unbemerkt an sich genommen und Alexander erschossen. Von diesem Ablauf war ich jedenfalls bisher ausgegangen.

Ein lautes Räuspern reißt mich aus meiner Fassungslosigkeit. Schnell ziehe ich meinen letzten Schein heraus, drücke ihn dem Mann in die Hand und murmle: »Stimmt so.«

Aus seinem erfreuten »Oh, danke« schließe ich, dass es viel zu viel ist.

Ich werfe das Portemonnaie in den Rucksack und sehe zu, dass ich aus dem Auto komme. Der Gedanke, die Flucht zu ergreifen und die Tasche mit dem Baby einfach im Wagen zurückzulassen, nimmt in Sekundenschnelle Form an. Es ist das Beste für mich und für das Kind, sage ich mir und schultere den Rucksack. Doch da ist der Mann schon aus dem Auto gesprungen, hat die hintere Seitentür geöffnet, die Tasche genommen und sie mir in die Hand gedrückt.

Automatisch greife ich danach. Mir bleibt kaum eine andere Wahl.

»Niedliches Baby«, sagt er. »Und noch so winzig. Junge oder Mädchen?«

»Junge.« Ich ringe mir ein Lächeln ab, sage »Danke« und gehe eilig davon.

Ich spüre förmlich, wie seine Blicke mich verfolgen, und muss mich zwingen, mich nicht umzudrehen. Ich wage erst wieder, durchzuatmen, als ich höre, dass der Wagen startet und davonfährt.

Womit soll ich mein plötzliches Auftauchen bei Ira begründen? Ich zermartere mir das Hirn, während ich mich dem Haus nähere, in dem sie wohnt. Das Baby fängt an, unruhig zu werden, gibt schmatzende Laute von sich. Es wird sicher bald Hunger haben und zu schreien anfangen. Ich gehe schneller.

Eine Frau drückt gerade die Haustür auf, wie selbstverständlich husche ich hinter ihr in den Hausflur und folge ihr langsam die Treppenstufen nach oben. In der ersten Etage entdecke ich das Namensschild. Es ist so groß, dass man es kaum übersehen kann. *Irena Kollar, Gesprächs- und Hypnotherapeutin.* Ob Ira Hintergedanken hatte, als sie mir ihre Karte gab? Vielleicht hat sie als psychologisch geschulter Mensch gleich gespürt, dass etwas mit mir nicht in Ordnung ist. Die Frau vor mir klingelt an Iras Tür. Sicher eine ihrer Patientinnen. Was soll ich jetzt tun? Ein Stockwerk höher gehen und warten, bis sie wieder geht? Bevor ich zu einem Entschluss kommen kann, öffnet Ira und entdeckt mich sofort.

»Michaela«, sagt sie. In ihrer Stimme schwingt eine Mischung aus Freude und Erstaunen mit. Ihre Augen wandern von meinem Gesicht zu der Babytasche in meiner Hand.

»Geh schon mal vor, Heike. Du kennst den Weg ja«, wendet sie sich mit einem freundlichen Lächeln der jungen Frau zu, die mich aus neugierigen Augen mustert. Ira gibt den Weg zu ihrer Wohnung frei und Heike verschwindet im Inneren.

»Hallo«, sage ich und breche in Tränen aus.

»Komm doch rein.« Ira greift nach meiner Hand, zieht mich mit sich in den Flur und schließt die Tür. »Ich habe jetzt eine Therapiestunde. Danach können wir reden. Mach es dir so lange im Wohnzimmer bequem, ja?« Sie weist auf eine Tür. »In der Küche findest du was zu trinken. Bedien dich einfach.«

Sie wirft einen Blick auf das Baby, das inzwischen wieder mucksmäuschenstill schläft.

»Junge oder Mädchen?«, stellt Ira die Standardfrage.

»Junge«, sage ich und betrachte sorgenvoll das unbewegte Gesicht des Babys.

»Süß«, sagt Ira.

Mein gehauchtes »Ja« klingt kläglich.

Sie schenkt mir ein Lächeln, das wohl aufmunternd gemeint ist. Bestimmt glaubt sie, ich sei auf der Flucht vor meinem gewalttätigen Mann. Ich beschließe, sie fürs Erste in dem Glauben zu lassen.

»Kann ich dein Telefon benutzen?«, frage ich.

»Natürlich«, antwortet sie. »Steht im Wohnzimmer auf der Anrichte. Fühl dich wie zu Hause.«

»Danke. Äh –« Ira versteht mein Zögern auf Anhieb richtig, wenn auch vermutlich aus einem falschen Grund.

»Keine Sorge«, sagt sie. »Die Rufnummernerkennung ist ausgeschaltet.«

Das Wohnzimmer ist ein typisches Berliner Zimmer. Groß, abgezogene Holzdielen, ein dreiflügeliges Fenster in der linken Zimmerecke. Ein feuerrotes Sofa mit schwarzen Kissen, fast mittig platziert, dominiert den Raum. An den Wänden ringsum hängen penibel in Reih und Glied ebenfalls in Schwarz und Rot gehaltene abstrakte Gemälde. Die Decke ziert ein altmodischer Kronleuchter Marke Flohmarkt, der nicht so recht zu dem übrigen Mobiliar passen will.

Ich stelle die Tasche auf dem Sofa ab, setzte mich daneben und streiche dem Kleinen behutsam über die weiche Wange. Er öffnet die Augen, blinzelt verschlafen und gibt Laute von sich, die ein bisschen wie das leise Quaken eines Frosches klingen. Ich überlege, ob ich ihn vielleicht auf den Arm nehmen soll.

Jetzt öffnet er das Mündchen und gähnt. Er ist wirklich sehr niedlich. Mich durchflutet eine Woge der Zärtlichkeit für dieses hilflose kleine Wesen. Sofort irritiert mich diese ungewohnte Gefühlsregung. Abrupt stehe ich auf.

23

Ich habe keine Ahnung, ob die Nummer der telefonischen Auskunft, für die vor zig Jahren Verona Feldbusch Werbung gemacht und die sich mir seitdem unauslöschlich eingeprägt hat, überhaupt noch aktuell ist. Einen Versuch ist es wert. Ich wähle die Nummer 11880 und bin überrascht, als ich tatsächlich das Freizeichen höre. Einen Augenblick später fragt eine freundliche Frauenstimme nach meinen Wünschen. Ich lasse mir die Telefonnummer der Geburtsklinik geben, »Nein, ich möchte nicht direkt verbunden werden«, bedanke mich und lege auf. Dann gebe ich die Zahlenfolge der Nummer in das Ziffernfeld ein und hebe den Hörer ans Ohr.

»Geburtsklinik Schöneberg. Was kann ich für Sie tun?« Ich identifiziere die mir bekannte Rezeptionistin an der monotonen Stimmlage.

»Können Sie mich bitte mit dem Zimmer von Antonia Wilhelmsen verbinden?« Ich verstelle meine Stimme in der Hoffnung, dass sie mich nicht erkennt.

Doch an ihrem Zögern merke ich, dass sie sofort weiß, wer am anderen Ende der Leitung ist. Im Hintergrund höre ich aufgeregtes Stimmengewirr.

»Frau Wilhelmsen hat keinen Anschluss für ihr Zimmer gebucht«, sagt sie schließlich.

»Dann holen Sie sie ans Telefon. Ich rufe in ein paar Minuten noch mal an.«

Ihr atemloses »Warten Sie bitte« im Ohr drücke ich das Gespräch weg.

Mit dem Telefon in der Hand gehe ich in dem Zimmer auf und ab. Ich schwitze, merke erst jetzt, dass ich immer noch meine dicke Jacke anhabe. Durch die Entführung des Babys habe ich mich endgültig in die Scheiße geritten. Damit werde ich nicht durchkommen, das wird mir immer klarer. Doch bevor ich mich der Polizei stelle, muss David gestehen, was er und sein Freund damals getan haben. Sonst war alles umsonst und ich werde wieder als die Durchgeknallte abgestempelt, die in jedem blonden Mann mit sanfter Stimme einen Mörder vermutet.

Ich drücke die Taste für die Wahlwiederholung. Bereits beim ersten Klingelton wird der Anruf angenommen.

»Michaela«, schluchzt Toni in den Hörer. »Was hast du mit meinem Baby gemacht? Wo ist Leander? Geht es ihm gut?«

»Ja, ihm geht es gut«, sage ich und füge nach kurzem Zögern ein »Noch« hinzu. Ich sage das ungern, ich will ihr nicht unnötig Angst machen. Aber ich muss meiner Forderung Nachdruck verleihen. David hat am eigenen Leib erfahren, wie ernst es mir ist und wozu ich fähig bin. Ich kann nur hoffen, dass ihm das Wohlergehen seines neugeborenen Kindes über das eigene geht.

Ich höre, wie Toni nach Luft schnappt, und spreche schnell weiter. »David soll ein Geständnis ablegen. Dann bekommst du dein Kind zurück.«

»Frau Berger, kommen Sie zur Vernunft«, höre ich plötzlich eine mir unbekannte Männerstimme aus dem Hörer. »Bringen Sie das Kind zurück. Oder sagen Sie uns, wo Sie sich aufhalten. Dann werden wir –«

»Mit der Polizei rede ich nicht«, unterbreche ich den Mann.

»Hören Sie –«, hebt er erneut an.

»Nein! Geben Sie mir Toni oder David, sonst lege ich sofort auf.«

Im Hintergrund werden Worte gewechselt, die ich nicht verstehe. Dann habe ich David am Apparat.

»Bitte, hör mir zu«, sagt er. »Du hast dich da in etwas verrannt. Ich habe nicht die geringste Ahnung, was du von mir willst.«

»Spar dir deine Worte. Mir kannst du nichts vormachen«, entgegne ich kalt.

»Mein Gott, ich mache dir nichts vor. Warum sollte ich das tun?«

»Weil du nicht den Rest deines Lebens im Gefängnis verbringen möchtest?«

»Bitte komm zur Vernunft. Du stürzt dich ins Unglück. Und uns mit.« Jetzt hat er sich aufs Flehen verlegt. Auch darauf falle ich nicht rein. Das sollte er eigentlich wissen.

»Ich möchte ein schriftliches Geständnis von dir. Mit allen Details«, sage ich und unterbreche die Verbindung.

Ich bin so angespannt, dass ich Bauchschmerzen bekomme. David wird niemals zugeben, was er getan hat, fürchte ich. Er ist sich selbst am nächsten, wenn es hart auf hart kommt. Das Leben seines eigenen Kindes scheint ihm gleichgültig zu sein. Sonst wäre er spätestens jetzt auf meine Forderung eingegangen.

Als würde der Kleine meine Anspannung spüren, fängt er unvermittelt an zu schreien. Ich nehme ihn hoch, stütze das Köpfchen mit einer Hand, wie Toni es mir gezeigt hat, und wandere durch den Raum. Dabei wiege ich ihn sanft hin und her. Es scheint ihm zu gefallen, denn er beruhigt sich nach einer Weile wieder, kräht nur noch ein bisschen vor sich hin. Mein Herz wird ganz weich.

»Du musst keine Angst haben«, wispere ich. »Ich werde dir nichts tun. Das verspreche ich dir.«

»Warum solltest du deinem Kind etwas antun wollen?«

Ich erstarre, drehe mich langsam um. In der Tür steht Ira, eine steile Falte zwischen den Augenbrauen.

»Ich … Ich …«, stottere ich.

»Das ist doch dein Baby, oder?«

Ich will etwas erwidern, doch ich bekomme keinen Ton heraus.

24

Ich bette das Baby wieder in die Tasche und decke es sorgfältig zu. Es sieht mich aus runden Augen an und reckt seine Ärmchen nach mir, als wolle es zurück in meine Arme. Mit einem Kloß im Hals wende ich mich ab und sehe Ira an.

»Nein«, sage ich. »Das ist nicht mein Kind.« Keine Ahnung, warum ich ihr die Wahrheit sage, vielleicht habe ich es einfach satt, zu lügen.

Sie schürzt die Lippen, nickt mehrmals mit dem Kopf, als hätte sie diese Antwort vorausgesehen. »Ich glaube, du bist mir eine Erklärung schuldig.« Jede Wärme ist aus ihrer Stimme verschwunden. Sie lehnt sich mit verschränkten Armen gegen den Türrahmen und sieht mich mit undurchdringlicher Miene an.

»Ja«, sage ich und weiche beschämt ihrem Blick aus. *Wo soll ich bloß anfangen?*

Und dann sprudeln die Worte mit einem Mal aus mir heraus, als hätte ich nur auf die Gelegenheit gewartet, mir alles von der Seele zu reden. Ira hört mir mit unbewegter Miene zu, unterbricht mich kein einziges Mal.

»Ich weiß, dass das eine schwachsinnige Aktion von mir war. Aber«, ich zucke mit den Schultern und sehe sie um Verständnis heischend an, »irgendwie bin ich da ab einem bestimmten Punkt einfach nicht mehr rausgekommen. Ich war wie in Trance.« Selbst in meinen eigenen Ohren klingt das nicht gerade überzeugend.

Ira sagt kein Wort. Sie löst ihre verschränkten Arme und geht an mir vorbei. Ihre gesamte Haltung strahlt Ablehnung aus. Ich möchte im Erdboden versinken. Ira nimmt auf dem Sofa Platz und beugt sich über die Babytasche. Sie streicht dem Kleinen über die Wange und ein leises Lächeln erhellt ihre Gesichtszüge.

Mir wird immer beklommener zumute. Ich beginne, zu bereuen, dass ich so offen zu ihr gewesen bin. Was habe ich mir bloß dabei gedacht? Ich kenne die Frau ja kaum. Plötzlich sehne ich mich nach meiner Mutter, wünsche mir, ich könnte mich in ihre schützende Umarmung flüchten und mir von ihr versichern lassen, dass alles wieder gut wird.

»Ich habe schon bei unserer ersten Begegnung gespürt, dass du eine Bürde mit dir herumträgst«, sagt Ira nach einer kurzen Weile des Schweigens. »Damit hast du mich an meine Tochter erinnert.« Jetzt sieht sie mich direkt an. »Du machst den gleichen verlorenen Eindruck. Sie war drogensüchtig. Ich habe damals alles versucht, aber ich habe ihr leider nicht helfen können.«

»Ist sie gestorben?«, frage ich erschrocken.

»Ja. Ich habe nie begriffen, warum es *Goldener Schuss* heißt.« Sie lacht ein bitteres Lachen. »Das klingt viel zu nett für einen derart dreckigen Tod.«

»Das tut mir sehr leid«, sage ich.

»Es ist lange her«, sagt sie knapp.

»Ich sollte jetzt wohl besser wieder gehen«, sage ich.

»Du bleibst hier. Wir sind noch nicht fertig.« Iras Stimme hat jetzt einen Befehlston angenommen. Ich will aufbegehren, aber da spricht sie bereits weiter. »Was macht dich so sicher, dass du dieses Mal richtig liegst? Dass David und Leander tatsächlich ein und dieselbe Person sind?«

»Ich habe ihn eindeutig erkannt«, antworte ich. »Außerdem hat er den Namen Leander für das Baby ausgesucht. Das sagt doch alles.«

»Nein. Das beweist gar nichts.«

»Und David hat Alexander erschossen, weil er ihn für Erik hielt«, halte ich dagegen.

»Das nimmst du an, aber du weißt es nicht. Er hat ausgesagt, dass du Alexander umgebracht hast.«

»Warum hätte ich das tun sollen?«

»Weil er dir in die Quere kam.« Iras Tonfall ist eine einzige Provokation.

Siedend heiß fällt mir die Pistole in meinem Rucksack ein. Ich habe Ira erzählt, dass David mit meiner Waffe geschossen hat. Obwohl das ja nicht gewesen sein kann. Ich schlucke. Meine Kehle fühlt sich wie ausgedörrt an.

»Du glaubst mir nicht«, sage ich.

»Es geht nicht darum, ob ich dir glaube, Michaela. Die Polizei muss dir glauben.«

»Was soll ich denn jetzt tun?« Meine Stimme klingt ebenso kläglich, wie ich mich fühle.

»Du musst dich stellen und der Polizei deine Version der Ereignisse erzählen. Wenn David geschossen hat, werden bei ihm Schmauchspuren nachweisbar sein.«

»Schmauchspuren?«

»Ja. Mikroskopisch kleine Partikel, anhand derer nachgewiesen werden kann, wer geschossen hat. Falls du dich fragst, woher ich so etwas weiß: Mein Ex-Mann war Polizist. Er hat nicht nur gern zugeschlagen, er hat auch genauso gern gefachsimpelt.« Sie verdreht die Augen.

»Dann sind die aber auch bei mir nachweisbar. Ich habe schließlich auf David geschossen.« Ich sehe Iras entsetzten Blick. »Aber nur, um ihn zu erschrecken. Ich habe bewusst daneben gezielt«, füge ich daher schnell hinzu.

Ira runzelt die Stirn. »Woher kannst du eigentlich schießen?«

»Das hat mir Robert, der Lebensgefährte meiner Mutter, beigebracht. Er ist Jäger und in einem Schützenverein«, murmle ich.

»Wie auch immer, du hast dich in eine ziemlich verzwickte Lage gebracht durch dein unüberlegtes Handeln.« Ira erhebt sich mit einem leisen Seufzer. »Ich fahre jetzt mit dir ins Krankenhaus. Das Baby muss schnellstens zurück zu seiner Mutter. Die Polizei ist sicher noch vor Ort. Da kannst du gleich mit ihnen reden.«

Mit einem Schlag ist alles in mir in Alarmbereitschaft. Wenn ich mich jetzt stelle, ist alles aus. David ist schlau, er wird es so drehen, dass ich als die Schuldige dastehe. Er wird behaupten, er hätte versucht, mir die Waffe zu entreißen, als ich auf Alexander geschossen habe. Damit erklären sich die bei ihm vorhandenen Schmauchspuren. Die Polizei wird ihm eher glauben als mir. Für die bin ich doch nur eine Verrückte, die jetzt endgültig durchgedreht ist. Man wird mich für einen Mord verurteilen, den ich nicht begangen habe. David wird wieder ungeschoren davonkommen. Das kann ich nicht zulassen.

Wo ist der Rucksack? Mein Blick irrt durch den Raum. Ich entdecke ihn auf dem Boden vor der Kommode.

Ira nimmt die Tasche mit dem Baby hoch. »Kommst du bitte?«

Ich nicke, als würde ich mich fügen, nehme den Rucksack und folge ihr in die Diele. Sie hat bereits ihren Mantel angezogen und ist gerade dabei, sich einen Schal um den Hals zu wickeln.

»Ich komme nicht mit«, sage ich.

»Was hast du vor?«

»Das weiß ich nicht. Aber ich werde mich nicht der Polizei stellen. Noch nicht.«

»Michaela«, sagt sie und stellt sich mir in den Weg. »Du hast zwei Menschen entführt, du stehst unter Verdacht, einen anderen getötet zu haben.«

»Lass mich vorbei«, sage ich.

»Nein!«

»Bitte.«

»Nein.«

»Du lässt mir keine Wahl«, sage ich.

Die Irritation in ihrer Miene weicht einem Ausdruck des Erschreckens. Ungläubig starrt sie auf die Waffe in meiner Hand.

»Lass mich vorbei«, wiederhole ich meine Forderung.

Ich sehe ihr an, dass ihr Verstand in rasender Geschwindigkeit überschlägt, welche Möglichkeiten sie noch hat. Ich hoffe, sie wird sich richtig entscheiden. Ich möchte ihr nicht wehtun.

»Lass wenigstens das Kind hier«, bittet sie.

Ich beiße mir auf Unterlippe und denke nach, während ich Ira wachsam im Auge behalte. Ich traue ihr durchaus zu, dass sie sich trotz der Waffe auf mich stürzt. Nein, ich muss das Baby mitnehmen. Es ist das einzige Druckmittel, das ich noch habe.

»Ist das die Waffe, mit der Alexander erschossen wurde?«, fragt Ira unvermittelt.

»Ja«, antworte ich, ohne nachzudenken.

25

»Sagtest du nicht, er hätte sie dir entwendet und damit Alexander erschossen?« Iras Stimme zittert kaum wahrnehmbar, ich höre dennoch den angstvollen Unterton, der in ihr mitschwingt.

»Ja«, sage ich. »Das dachte ich auch, aber –«

»Wieso hast dann du die Waffe?«, fällt sie mir ins Wort.

Die Frage ist berechtigt, auch ich zermartere mir darüber den Kopf, seit ich sie in meinem Rucksack entdeckt habe. Bislang ohne Ergebnis, allerdings habe ich auch nur eine recht verschwommene Erinnerung an die Geschehnisse am See. Es ging alles so verdammt schnell. Vielleicht hatte Alexander seine Dienstwaffe dabei und David hat ihn damit erschossen. Ich weiß es einfach nicht.

Das Einzige, das ich mit absoluter Sicherheit sagen kann, ist, dass nicht ich es war, die auf Alexander geschossen hat.

»Keine Ahnung«, antworte ich. »Ich dachte, David hätte meine Waffe für die Tat benutzt.«

»Etwas an deiner Geschichte stimmt nicht.« Ira presst die Lippen aufeinander.

»Geh mir aus dem Weg«, sage ich.

Ich beuge mich vor und greife nach der Babytasche.

Ira weicht vor mir bis zur Wohnungstür zurück. »Ich lasse dich mit dem Kind hier nicht raus. Da musst du schon Gewalt anwenden.«

Entschlossen hebt sie das Kinn und breitet vor der Eingangstür die Arme aus.

»Nur über meine Leiche kommst du hier vorbei«, wiederholt sie noch mal mit erstaunlich fester Stimme.

Ich schlucke trocken und entsichere die Waffe. Ira zuckt zusammen, bewegt sich jedoch nicht von der Stelle.

»Ira, bitte«, versuche ich es noch mal im Guten. »Lass mich gehen.«

Sie schüttelt den Kopf.

»Die werden mich ins Gefängnis stecken. Versteh doch, ich habe keine Chance«, flehe ich.

»Ich habe großes Vertrauen in unser Rechtssystem«, sagt sie.

Jetzt redet sie wie meine Mutter. Trotz regt sich in mir. Ich will etwas erwidern, da spricht sie schon weiter.

»Ich lasse dich gehen, aber das Kind bleibt hier.«

Mein Verstand arbeitet auf Hochtouren. Das Baby wird sicher bald vor Hunger schreien und sich vermutlich nicht mehr beruhigen lassen. Mit einem brüllenden Kind werde ich überall die Blicke auf mich ziehen. Das Risiko, dass mich jemand erkennt, ist inzwischen ziemlich groß. Die Berliner Polizei fahndet heutzutage ja nicht nur über Radio und Fernsehen nach einem Täter, sondern nutzt dafür auch die sozialen Medien.

»Also gut«, sage ich und stelle die Tasche neben mir auf dem Boden ab. Wie auf Kommando beginnt der Kleine, zu schreien. »Ich lasse das Kind hier. Aber ich gehe jetzt.«

»Du machst einen Fehler«, sagt Ira.

»Vielleicht«, sage ich.

»Ich kann versuchen, deiner Erinnerung auf die Sprünge zu helfen.«

Sie will noch etwas sagen, ich bringe sie mit einer Handbewegung zum Schweigen.

»Ich weiß, was passiert ist«, antworte ich. »Dazu brauche ich keine Psychologin. Bitte mach den Weg frei.«

Sie weicht nicht von der Stelle.

»Bitte, Ira. Du hast versprochen, mich gehen zu lassen, wenn ich das Baby hierlasse.«

Zögernd gibt sie die Tür frei. »Das ist der falsche Weg«, sagt sie und fügt leise hinzu: »Du machst wirklich einen großen Fehler. Überlege es dir noch mal.«

Ich beiße mir auf die Unterlippe, um nicht in Tränen auszubrechen, und schüttle den Kopf. Ohne sie noch mal anzusehen, verlasse ich die Wohnung. Ira unternimmt nichts, um mich aufzuhalten.

Ich ziehe die Wohnungstür hinter mir zu und laufe die Treppe zum Ausgang hinunter. Jede Wette, dass Ira in diesem Moment bereits die Polizei informiert. Erst als ich unten auf der Straße stehe und mich der erschreckte Blick eines Passanten trifft, fällt mir auf, dass ich die Waffe noch immer in der Hand halte. Rasch verstaue ich sie im Rucksack, ziehe mir die Kapuze meiner Jacke über den Kopf und laufe weiter. Einfach nur weg von hier. Verkehrslärm umbrandet mich. Eine Polizeisirene setzt plötzlich ein, übertönt alle anderen Geräusche. Mein Herzschlag beschleunigt sich. Auf der gegenüberliegenden Straßenseite entdecke ich ein blaues U-Bahn-Schild. Ohne nach links oder rechts zu schauen renne ich quer über die Fahrbahn. Bremsen quietschen. Jemand brüllt irgendetwas. Ich achte nicht drauf, haste weiter auf den Eingang der U-Bahn-Station zu. Ein Windstoß reißt mir die Kapuze vom Kopf, als ich die Stufen hinunterstolpere. Ich höre den einfahrenden Zug und beschleunige meine Schritte. Die Lampen über den Türen wechseln gerade von Grün auf Rot, als ich auf dem Bahnsteig ankomme. Ich sprinte los und springe in den nächsten Waggon hinein. Hinter mir schließt sich die Tür. Der Signalton zur Abfahrt ertönt.

Schwer atmend lasse ich mich auf einen freien Sitz fallen. Alles in mir ist in Aufruhr. Ich habe das Gefühl, jeder einzelne Nerv in meinem Körper vibriert. Es dauert eine ganze Weile, bis ich wieder klar im Kopf bin und weiß, was ich als Nächstes tun muss.

Es gibt nur einen Menschen, der die ganze Wahrheit kennt. Zu ihm muss ich, auch wenn sich alles in mir dagegen sträubt.

26

Es ist bereits dunkel, als ich mich am Schlesischen Tor von den Menschentrauben aus der U-Bahn-Station auf die Straße spülen lasse. In den Schaufenstern der umliegenden Läden blinken bunte Lichterketten. Auf einer Scheibe klebt das Konterfei eines pausbäckigen Weihnachtsmannes. Stimmt ja, bald ist Weihnachten. Das habe ich vollkommen vergessen. Selten war mir so wenig weihnachtlich zumute wie in diesem Augenblick. Ich stopfe beide Hände in die Jackentaschen, eile über die Straße und biege nach rechts in die Skalitzer Straße ab. Auch hier glitzert und blinkt es bunt hinter den Fenstern der anliegenden Wohnhäuser.

Das Bedürfnis, mich nach Hause in meine Wohnung zu flüchten, ist für einen Moment so übermächtig, dass ich versucht bin, dem Gefühl nachzugeben. Allein die Angst, dort von der Polizei erwartet und auf der Stelle festgenommen zu werden, hält mich davon ab.

Ich bin müde und sehne mich nach meinem Bett. In diesem Moment würde ich viel darum geben, alles ungeschehen machen zu können und in meinen gewohnten Alltagstrott zurückzukehren. Ich hätte mit meinem Verdacht zur Polizei gehen sollen. Es hätte mir gleichgültig sein müssen, dass sie mich für durchgeknallt halten. Im Nachhinein kann ich mir selbst nicht mehr erklären, was mich dazu verleitet hat, David zu entführen. Was für eine bescheuerte Idee. Nennt man so etwas Übersprunghandlung? Keine Ahnung. Ist auch egal. Was bleibt, ist die bittere Erkenntnis, dass ich schuld bin an Alexanders Tod. Zwar nur indirekt, aber das macht es keinen Deut besser. David darf damit nicht ungeschoren davonkommen. Wenigstens das bin ich Alexander schuldig.

Ich bin so in Gedanken versunken, dass ich fast an dem Haus vorbeilaufe. Es brennt kein Licht im dritten Stock. David scheint nicht da zu sein. Ich zögere. Doch dann gebe ich mir einen Ruck und drücke gezielt mehrere Klingelknöpfe. Eine Männerstimme bellt ein »Ja« in die Sprechanlage, ich antworte mit »Werbung« und werde eingelassen.

Das Haus empfängt mich wie eine Feindin. Kalte, feuchte Luft schlägt mir aus dem Inneren entgegen. Ein unangenehm süßlicher Geruch, der mich an verfaultes Obst denken lässt, steigt mir in die Nase. Am Fahrstuhl prangt nach wie vor das Schild AUSSER BETRIEB. Es ist, als wolle das Gebäude mit allen Mitteln verhindern, dass ich David aufsuche.

Langsam stapfe ich Stufe um Stufe die Treppe hoch. Meine rechte Hand umklammert das glatte Holzgeländer. Je näher ich dem dritten Stock komme, desto zögerlicher werden meine Schritte.

Noch kannst du umdrehen und wieder gehen.

Und was dann? Soll ich untertauchen? Oder Deutschland verlassen und in ein anderes Land fliehen? Keine dieser Optionen erscheint mir passend. Im dritten Stock angekommen, atme ich tief durch und klingele. Niemand öffnet. David scheint tatsächlich nicht da zu sein. Wahrscheinlich ist er noch im Krankenhaus bei Toni. Wenn ich Pech habe, bleibt er auch die Nacht über bei ihr. Ich drücke noch mal auf die Klingel. Als beim dritten Versuch keiner an die Tür kommt, beschließe ich, auf seine Rückkehr zu warten.

Damit er mich nicht gleich entdeckt, setze ich mich ein Stockwerk höher auf eine Treppenstufe. Den Rucksack stelle ich neben mich. Mit einem leisen Klacken erlischt das Licht im Treppenhaus. Ich erhebe mich schwerfällig, betätige den Schalter, der in der Dunkelheit des Treppenhauses wie ein rotes Auge aufglüht, und schlurfe zu meinem Platz zurück.

Einem Impuls folgend krame ich den Zettel mit Alexanders Notizen aus meiner Hosentasche. Wenn ich nur wüsste, was dieses Kürzel zu bedeuten hat: *iMdT.* Ich werde das Gefühl nicht los, dass in dieser Buchstabenfolge eine wichtige Aussage steckt. Zumal Alexander sie als Einzige durch Unterstreichung hervorgehoben hat. Aber so sehr ich mir auch den Kopf darüber zerbreche, mir will nichts Gescheites dazu einfallen.

Wieder geht das Licht aus. Dieses Mal mache ich mir nicht die Mühe, es einzuschalten. Ich stopfe den Zettel in die Hosentasche zurück, lege meine Unterarme auf die Oberschenkel und schließe die Augen. In meinem Kopf kreisen die Buchstaben der rätselhaften Abkürzungen auf Alexanders Zettel. Bis sie schließlich wild durcheinanderwirbeln und sich in anderer Reihenfolge wieder zusammenfügen. Sinn ergeben sie leider dennoch nicht. Meine Augenlider werden immer schwerer, fallen mir ständig zu. Ich bin kurz davor, einzuschlafen, als plötzlich das Licht im Treppenhaus aufflammt.

Von einer Sekunde auf die andere bin ich hellwach. Der Klang schwerer Schritte dröhnt durch die Stille. David? Mein Pulsschlag beschleunigt sich. Ich erhebe mich, schnappe meinen Rucksack und spähe über das Geländer gebeugt nach unten.

Die Schritte kommen näher. Ich halte die Anspannung kaum noch aus. Erst als er die letzten Stufen zum dritten Stock erklimmt, kann ich ihn sehen. Es ist tatsächlich David. Er sieht müde aus. Sein Gang ist schleppend. Die letzten Tage haben offenbar auch ihm ziemlich zugesetzt.

Meine Hand zittert, als ich die Waffe aus dem Rucksack fische. Ich zwinge mich dazu, Ruhe zu bewahren. Er darf mich nicht zu früh bemerken.

27

Ich warte, bis David den Schlüssel ins Schloss seiner Wohnungstür steckt. Dann sprinte ich die Stufen hinunter. Bevor er begreift, was los ist, ramme ich ihm die Waffe in den Rücken.

»Ein Ton und du bist tot«, raune ich und komme mir vor wie in einem schlechten Krimi. Aber es funktioniert.

Ein Zucken geht durch seinen Körper. Er zögert, aber nur kurz, und betritt dann ohne ein Wort die Wohnung. Ich bleibe dicht hinter ihm, versetze der Tür mit dem Fuß einen Stoß, sodass sie mit einem Klacken ins Schloss fällt. Mit der Pistole dirigiere ich David zum Sofa im Wohnzimmer und nehme ihm gegenüber Platz. Er sieht mich aus rot geäderten Augen an. In seinem Blick liegt etwas, das ich nicht einordnen kann. Wenn ich es nicht besser wüsste, würde ich meinen, es ist Mitleid, was ich darin lese. Er wirkt um Jahre gealtert. Wir fixieren uns eine Weile. Schließlich bricht er das Schweigen.

»Was willst du von mir?« Seine Stimme klingt belegt.

»Mittlerweile sollte dir das eigentlich klar geworden sein«, antworte ich. »Ich habe es oft genug gesagt.«

»Toni hat mir erzählt, was damals passiert ist.« Sein Blick fällt wieder auf die Pistole in meiner Hand. »Kannst du die nicht mal weglegen? Das macht mich, ehrlich gesagt, ziemlich nervös.«

»Was genau hat sie dir erzählt?« Ich ignoriere seine Bitte und halte die Waffe weiterhin auf ihn gerichtet.

»Dass deine Freunde an diesem See umgebracht worden sind.« Er reibt sich mit dem Handrücken die Nase, bevor er weiterspricht, und senkt den Blick, als sei es ihm plötzlich peinlich, mir in die Augen zu schauen. »Du konntest als Einzige entkommen.«

»Niemand weiß das besser als du«, sage ich mit mühsam beherrschter Stimme. Seine Unverfrorenheit macht mich fassungslos.

»Michaela –« Es ist das erste Mal, dass er mich mit meinem Namen anspricht. Er schaut mich jetzt direkt an. »Der Kommissar im Krankenhaus hat mir erklärt, es sei nicht das erste Mal gewesen, dass du jemanden fälschlich verdächtigt hast. Aber so weit wie bei mir bist du wohl noch nie gegangen. Michaela, du bist krank. Du musst dir helfen lassen.«

Was bildet dieser Mensch sich ein? Ausgerechnet er sagt mir, dass ich krank sei. Ich möchte ihn wütend anschreien, aber ich bin wie versteinert.

»Du irrst dich auch dieses Mal, glaub mir. Ich habe mit dieser schrecklichen Geschichte nichts zu tun.«

»Toni kauft dir das vielleicht ab.« Zum Glück habe ich meine Sprache schnell wiedergefunden. »Sie liebt dich und hat kaum eine andere Wahl, als dir zu glauben. Sonst würde ihre ach so heile Welt ja auseinanderbrechen. Mir kannst du das nicht erzählen. Ich weiß, dass du und dein Freund Felix die Mörder meiner Freunde seid.«

»Ich hatte nie einen Freund mit diesem Namen«, behauptet David und verschränkt die Finger ineinander. »Ich kann mich nur wiederholen, du hast dich in etwas verrannt.«

»Das ist natürlich nicht sein richtiger Name«, falle ich ihm ins Wort. »Dein Name ist ja auch nicht Leander.« Ich entsichere die Waffe und ziele auf sein Gesicht.

David weicht automatisch zurück und hebt abwehrend beide Hände. »Ich kann dir beweisen, dass ich im Sommer 2003 nicht in Berlin war«, sagt er schnell.

Ich stutze. Das ist eine Falle. Irgendetwas plant er. Alle meine Sinne signalisieren erhöhte Alarmbereitschaft.

»Auf den Beweis bin ich gespannt«, sage ich betont gleichgültig, während sich gleichzeitig ein ungutes Gefühl in meiner Magengegend ausbreitet. Er wirkt so siegesgewiss.

»Ich müsste an das Sideboard da.« Er dreht den Kopf und deutet nach rechts.

Ich folge seinem Blick. Ein Sideboard aus weiß glänzendem Metall nimmt die halbe Wandfläche ein. Darauf steht eine schlanke Vase aus milchigem Glas mit einer einzigen roten Rose. Wahrscheinlich ist sie aus Plastik, obwohl sie täuschend echt aussieht.

»Okay«, sage ich. Meine Neugier ist stärker als die Angst, es könnte eine Finte sein.

David stemmt sich vom Sofa hoch. Ich erhebe mich ebenfalls, behalte ihn im Visier. Womöglich hat er dort eine Waffe versteckt. Er klappt ein Fach auf und entnimmt ihm ein dickes Buch. Erst auf den zweiten Blick erkenne ich, dass es ein Fotoalbum ist.

»Darin sind Fotos von allen Urlauben, die ich zusammen mit meinen Eltern gemacht habe. Sie haben mir das Album bei meinem Auszug in eine der Umzugskisten gepackt.« Er legt es ab und beginnt, darin zu blättern.

Das leise Knistern des Pergamins zerrt an meinen Nerven. Mein Mund ist so trocken, dass ich kaum noch schlucken kann.

»Hier ist es.« Er tippt mit dem Zeigefinger auf die aufgeschlagene Stelle.

»Gib es mir«, fordere ich ihn auf.

Er löst das Foto aus den Klebeecken und reicht es mir.

»Setz dich wieder hin«, sage ich. Bereitwillig folgt er meinem Befehl.

Das Foto zeigt einen mürrisch aussehenden Jungen zwischen zwei breit in die Kamera lächelnden Erwachsenen in Bergsteigermontur vor einem hölzernen Gipfelkreuz. Ein strahlend blauer Himmel wölbt sich über das Bergpanorama im Hintergrund. In dem Jungen erkenne ich zweifelsohne David.

»Meine Eltern waren begeisterte Bergwanderer«, erklärt er ungefragt. »Im Gegensatz zu mir.«

Ohne David aus den Augen zu lassen, ziehe ich das Album zu mir heran. Auf der Seite, der er das Foto entnommen hat, steht in gestochen scharfer Schönschrift:

Juli 2003 – Urlaub im Kleinwalsertal in Österreich mit Simone und David.

»Mein Vater war Lehrer«, sagt David. »Wir haben den gesamten Juli und die erste Augustwoche dort verbracht. Meine Mutter lebt noch. Sie wird es bezeugen. Wenn du willst, kann ich sie sofort anrufen.«

28

David greift in die Hosentasche, zieht sein Handy hervor.

»Lass das«, zische ich.

»Wie du willst.« Er stopft es zurück.

Das kann nicht sein, schießt es mir durch den Kopf. Mir wird schlecht. Das Foto entgleitet meinen Fingern, segelt zu Boden. Ich muss mich an der Kommode festhalten, so schummerig fühle ich mich mit einem Mal. Für David wäre es jetzt vermutlich ein Leichtes, mich zu überrumpeln, aber er rührt sich nicht von der Stelle.

»Aber warum hast du dann Alexander erschossen?« Meine Stimme klingt unsicher.

»Das habe ich nicht«, antwortet er.

»Du lügst.«

»Nein«, beharrt er. »Plötzlich fiel ein Schuss und Alexander sackte zu Boden. Du musst auf ihn geschossen haben. Außer uns dreien war da ja niemand.«

»Nein, das habe ich nicht«, keuche ich. »Warum hätte ich ihn erschießen sollen?«

»Vielleicht«, jetzt schleicht sich ein listiger Ausdruck in sein Gesicht, »weil er den Fall neu aufrollen wollte? Hatte er nicht so was in der Art gesagt? Vielleicht bist du es ja, die etwas zu verbergen hat.«

»Halt den Mund«, fahre ich ihn an.

»Warum gibst du nicht endlich auf? Die Polizei kennt deinen Namen, es wird schon überall nach dir gesucht. Du hast keine Chance. Wenn du dich freiwillig stellst, wird sich das sicher zu deinen Gunsten auswirken. Nimm Vernunft an. Gib mir die Waffe.« David beugt sich vor und hält mir seine Handfläche hin. »Bitte.« In seinen Augen funkelt es verräterisch. Ich traue ihm immer noch nicht über den Weg.

»Nein!« Ich schüttelte heftig den Kopf. Ich richte die Waffe wieder auf ihn und bewege mich rückwärts auf die Zimmertür zu.

»Mach es doch nicht noch schlimmer, als es ohnehin schon ist«, beschwört er mich. »Du kommst aus dieser Nummer nicht mehr raus.«

Mit einem schnellen Blick über die Schulter vergewissere ich mich, dass ich mich auf die Zimmertür zubewege.

»Leg dein Handy auf den Boden und schieb es zu mir rüber«, sage ich.

Er zögert kurz, folgt dann meinem Befehl. Das Gerät schrappt über den Boden. Ich nehme es auf und weiche bis zur Tür zurück. Mit einem schnellen Griff reiße ich den Schlüssel aus dem Schloss, ziehe die Tür hinter mir zu und schließe von außen ab. Damit verschaffe ich mir wahrscheinlich nur einen winzigen Vorsprung. Obwohl ich selbst nicht weiß, wie es jetzt weitergehen soll. Davids Handy ist leider mit einem Passwort gesichert und damit unbrauchbar für mich. Ich lasse es auf der Garderobenablage zurück.

Erst als ich schon fast unten an der Haustür bin, fällt mir auf, dass ich meinen Rucksack in der Wohnung zurückgelassen habe. Ärgerlich, aber leider nicht mehr zu ändern. Ich stecke die Waffe ein und wanke benommen die drei Stufen zur Straße hinunter. Plötzlich dreht sich alles vor meinen Augen. Ich habe das Gefühl, jeden Moment ohnmächtig zu werden. Mit einer Hand stütze ich mich an einer Straßenlaterne ab. Auf der Trasse der Hochbahn donnert ein Zug vorbei. Jemand hupt ohne Unterlass.

David ist für die Tat am See nicht verantwortlich. Ich habe mich geirrt. Mal wieder. Die Erkenntnis treibt mir die Schamröte ins Gesicht. Was habe ich nur angerichtet in meinem Wahn, Leander zu finden? Die Umgebung verschwimmt hinter dem Schleier meiner Tränen. Ich wische mir über die Augen, fange befremdliche Blicke einiger Passanten auf und reiße mich zusammen. Ich muss hier weg.

Die Waffe entsorge ich an der nächsten Straßenkreuzung in einem Abfallkorb. Ich will sie nicht mehr haben. Während ich durch die Straßen eile, rasen zusammenhanglose Gedankenbruchstücke durch meinen Kopf. Ich muss mit jemandem reden, sonst werde ich noch wahnsinnig.

Da war etwas am See, kurz bevor der Schuss fiel. Der Gedanke taucht ganz unvermittelt am Rande meines Bewusstseins auf. Doch bevor ich ihn richtig zu fassen bekomme, entgleitet auch er mir wieder.

Ich bin am Ende meiner Kraft, schleppe mich mühsam vorwärts. Die eisige Luft brennt in meiner Lunge, meine Finger spüre ich kaum noch. Die letzten Meter zu dem Haus, in dem meine Mutter wohnt, sind eine einzige Tortur. Ich bleibe vor dem Gebäude stehen, lasse meinen Blick an der Fassade hochwandern. Die Fenster im zweiten Stock sind hell erleuchtet. Gott sei Dank, sie ist zu Hause. Hoffentlich ist Robert nicht bei ihr. Dem möchte ich jetzt auf gar keinen Fall begegnen.

Ich drücke auf den Klingelknopf. Mutters Stimme tönt so schnell aus der Gegensprechanlage, dass man meinen könnte, sie hätte neben der Wohnungstür auf mein Kommen gewartet.

»Ich bin's, Mama«, flüstere ich.

Der Türöffner schnurrt, kaum dass ich meinen Satz beendet habe. Schnell schlüpfe ich ins Haus hinein. Die Tür fällt mit einem lauten Krachen hinter mir ins Schloss. Bibbernd vor

Kälte quäle ich mich die Stufen hoch. Mutter erwartet mich schon an der offenen Tür. Tränen strömen über ihr Gesicht. Ohne ein Wort zieht sie mich in die Wohnung und schließt mich in ihre Arme. Ich lasse meinen Kopf auf ihre Schulter sinken und spüre, wie sich meine innere Anspannung etwas löst. Alles wird gut, denke ich, obwohl ich eigentlich weiß, dass es eine Illusion ist. Nichts wird je wieder gut. Aber in diesem Moment möchte ich daran glauben und alle negativen Gedanken und Gefühle verdrängen. Eine Weile stehen wir nur da und halten uns aneinander fest.

Schließlich löst sich Mutter von mir. Mit beiden Händen wischt sie sich über die Wangen und betrachtet mich mit einem Lächeln. Es fällt sehr kläglich aus.

»Du bist ja verletzt.« Sie streicht mir sacht über die Wange.

»Nicht so schlimm«, sage ich und fühle mich wie ein schutzbedürftiges Kind. »Tut auch schon gar nicht mehr weh.«

»Ich lasse dir jetzt erst mal eine Badewanne ein«, sagt sie. »Du siehst ganz durchgefroren aus.«

»Sollten wir nicht zuerst über –«

»Wir reden danach«, fällt sie mir ins Wort. »Zeit spielt nun wirklich keine Rolle mehr.«

Ich wundere mich über ihre Worte, widerspreche jedoch nicht. Mir fehlt einfach die Kraft dazu. Ich hänge meine Jacke an die Garderobe und folge ihr ins Badezimmer. Während sie das Wasser einlässt und Badesalz zugibt, schäle ich mich aus meinen Kleidern. Der Raum füllt sich mit Wasserdampf und der Duft nach Lavendel breitet sich aus. Ich steige in die Wanne, lasse mich langsam in das warme Wasser gleiten und schließe mit einem wohligen Seufzer die Augen. Mutter zieht die Tür leise hinter sich zu.

Die Wärme macht mich schläfrig. Meine Lider flattern, werden immer schwerer.

Plötzlich schälen sich die Konturen einer Gestalt aus dem Wasserdampfnebel heraus. Mit Entsetzen erkenne ich, dass es Alexander ist. Sein Gesicht ein einziger blutiger Krater.

Nur ein Traum, das ist nur ein Traum, beruhigt mich mein Verstand. Aber das Gefühl des Grauens will dennoch nicht weichen.

Jetzt hebt Alexander die Hand und deutet auf mich. Eine Stimme, bei deren hohlem Klang es mich eiskalt überläuft, hallt durch den Raum und setzt sich in meinem Kopf fest.

IMdT, raunt sie und wiederholt die Buchstaben in einer Endlosschleife immer wieder. *IMdT.*

29

Mit einem Ruck fahre ich hoch. Das Badewasser ist merklich kühler geworden. Ich habe am ganzen Körper eine Gänsehaut. Es klopft an der Tür. Einen bangen Augenblick lang fürchte ich, dass Mutter die Gelegenheit genutzt und die Polizei verständigt hat.

»Die Sachen werden dir vermutlich etwas zu groß sein, aber sie sind zumindest trocken und sauber«. Sie legt einen Stapel frische Kleidung auf den Hocker neben der Wanne.

»Danke. Das ist lieb von dir«, sage ich und stemme mich aus der Wanne hoch.

»Ich warte im Wohnzimmer auf dich«, sagt sie und fügt im Weggehen hinzu: »Robert ist übrigens gerade gekommen.«

Bevor ich etwas erwidern kann, ist die Tür hinter ihr wieder zu.

Wieso hat sie ihn denn nicht weggeschickt? Sie weiß doch genau, dass ich ihn nicht sonderlich mag. Allein der Gedanke, ihm jetzt gegenüberzutreten, bereitet mir Unbehagen. Er wird mich sicher mit Fragen löchern und mir dann vorwerfen, dass meine hirnrissige Aktion an Dummheit nicht zu überbieten sei. Leider hat er damit ja recht. Ich trockne mich mit besonderer Sorgfalt ab, um die unliebsame Begegnung so lange wie möglich hinauszuzögern.

Mit einer Hand wische ich über den beschlagenen Spiegel. Der Kratzer auf meiner Wange ist dick verkrustet. Meine Augen sind gerötet, das Gesicht ist erschreckend bleich, fast grau, die Haare kleben mir nass am Kopf. Ich bin auch sonst keine Schönheit, aber so beschissen wie jetzt habe ich noch nie ausgesehen. Allerdings entspricht mein Aussehen ziemlich genau dem, wie ich mich fühle. Ich atme tief durch und öffne die Badezimmertür.

Aus dem Wohnzimmer dringt ein Husten. Es hört sich an wie das Bellen eines altersschwachen Hundes. Robert leidet unter Asthma. Wenn er gestresst ist oder sich aufregt, ist es immer besonders schlimm.

Als ich den Raum betrete, unterbrechen sie ihr geflüstertes Gespräch. Sie sitzen dicht nebeneinander auf der Couch und schauen mir mit ernsten Gesichtern entgegen.

»Hallo, Michaela«, sagt Robert. Ich sehe ihm an, dass er bereits über alles informiert ist.

»Hallo, Robert.« Ich bleibe mitten im Raum stehen. Es liegt etwas in der Luft, das ich nicht greifen kann. Mein Unbehagen wächst.

»Willst du dich nicht zu uns setzen?«

»Lieber nicht«, sage ich.

Mutter tauscht mit Robert einen schnellen Blick. Dann räuspert sie sich.

»Ich weiß nicht, wo ich anfangen soll.« Sichtlich nervös knetet sie ihre Finger.

»Ist die Polizei schon auf dem Weg hierher?«, frage ich. »Ist es das, was du mir sagen willst?«

»Nein, nein Liebes«, beteuert Mutter und druckst ein bisschen herum. »Es geht um Alexander.«

»Um Alexander?«, wiederhole ich tonlos und setze mich jetzt doch. Man muss nicht hellsehen können, um zu wissen, dass sie keine gute Nachricht für mich hat.

»Wie soll ich es sagen?« Sie sieht hilflos zu Robert. Er greift nach ihrer Hand. Sie schenkt ihm ein kleines Lächeln.

»Alexander stand vorgestern plötzlich bei mir im Laden«, sagt sie.

Verlegen ziehe ich die Unterlippe zwischen die Zähne. »Ich habe dich angelogen. Tut mir leid.«

Sie geht nicht auf meine Entschuldigung ein, spricht weiter, die Augen auf ihre Hände gesenkt, die jetzt nervös mit dem Saum ihrer Bluse spielen. »Schon bevor er auftauchte, wusste ich, dass du mich angelogen hast und dabei bist, eine riesige Dummheit zu begehen. Ich hatte nämlich kurz zuvor deine Online-Bestellungen entdeckt und wollte gerade Robert darüber informieren. Da ging die Ladentür auf und Alexander stand vor mir.« Sie räuspert sich und streicht sich eine Haarsträhne hinters Ohr.

»Ich wusste ja nicht, dass er Polizist ist. Das hat er mir erst später erzählt. Sonst hätte ich meine Befürchtung, dass du Tonis Mann zum See gebracht haben könntest, natürlich für mich behalten.«

Jetzt schaut sie mir direkt ins Gesicht. Die Hoffnungslosigkeit in ihren Augen erschreckt mich zutiefst.

»Erst danach rückte er damit heraus, dass es in dem Fall neue Anhaltspunkte gibt und er ihn neu aufrollen will. Was das genau bedeutet, hat er mir aber nicht erklärt.«

»Es ist doch gut, wenn sie den Fall neu bearbeiten«, sage ich. »Vielleicht kommt dann endlich die Wahrheit ans Licht.«

Wieder betrachtet Mutter mich mit diesem seltsam traurigen Blick. Ihre Augen füllen sich mit Tränen. Sie schluckt, hat sichtlich Mühe, weiterzusprechen. »Alexander sagte, er wisse, wo der See sei, und werde sofort hinfahren, um dich vor einer Dummheit zu bewahren.«

Bei jedem ihrer Worte fühle ich mich schlechter. Ich schäme mich, dass ich ihr so viel Kummer bereite.

»Sobald er aus dem Laden war, habe ich Robert angerufen und ihm alles erzählt.«

»Du hattest dir ja die Koordinaten des Sees im Internet rausgesucht. Die habe ich mir von deiner Mutter geben lassen und bin sofort dorthin gefahren«, meldet sich jetzt Robert zu Wort.

»Warum? Alexander war doch schon dahin unterwegs.«

»Das ist –« Ein Hustenanfall hindert ihn daran, weiterzusprechen.

Mutter springt auf und holt sein Asthmaspray aus der Schublade. Robert benutzt es und fährt dann mit rauer Stimme fort.

»Ich hatte ein schlechtes Gefühl bei der Sache. Ich wollte einfach –« Er bricht ab, als würde er nicht mehr wissen, was er sagen wollte.

»Es war meine Schuld«, sagt Mutter. »Mir war klar, dass Alexander mehr weiß, als er mir sagen wollte. Das war ihm anzumerken. Ich stand völlig neben mir, habe das Schlimmste befürchtet. Robert ist auf meine Bitte hin zum See gefahren.«

»Was meinst du? Was hast du befürchtet?«, frage ich. Zutiefst beunruhigt sehe ich erst sie, dann Robert an. »Warum sprecht ihr in Rätseln?«

30

Die beiden weichen meinen Blicken aus, schweigen. Endlich ergreift Robert das Wort.

»Es war nicht schwer zu erkennen, welchen Weg ihr vom Parkplatz aus genommen habt. Ihr habt ja genug Spuren hinterlassen.«

Das Husten, das ich im Wald gehört habe. Das war Robert, wird mir schlagartig klar.

»Ich hatte das Jagdgewehr mitgenommen. Vorsichtshalber.«

»Vorsichtshalber?«

»Ich wusste ja nicht, was sich bei euch abspielt. Ob du vielleicht Hilfe brauchst.«

Mutter kramt ein Taschentuch hervor und putzt sich umständlich die Nase. Sie hört gar nicht mehr auf zu weinen. Robert tätschelt kurz ihren Oberarm und spricht dann weiter.

»Ich habe euch eine Weile zugehört und als dieser Polizist zu dir sagte, er sei über Ungereimtheiten bei dem Mordfall gestolpert, habe ich gedacht: Jetzt kommt alles raus. Wir kommen alle ins Gefängnis. Und dann musste ich husten. Nur kurz, aber das hat gereicht. Er hat mich gesehen. Es war wie ein Reflex. Ich habe einfach geschossen.«

»Du hast Alexander getötet?«

Robert weicht meinem Blick aus.

»Mama«, sage ich und schaue sie hilflos an. »Sag, dass das nicht stimmt.«

Sie schluchzt laut auf, presst sich das zerknüllte Taschentuch vor den Mund.

»Aber warum? Ich meine … Ich verstehe das alles nicht.«

»Ich habe damals das Auto deiner Mutter, mit dem du den Unfall hattest, ausgeräumt, bevor es verschrottet worden ist.« Roberts Stimme klingt merkwürdig blechern. »Unter dem Beifahrersitz habe ich eine Pistole gefunden. Die habe ich an mich genommen.«

»Eine Pistole? Unter dem Beifahrersitz?« Ungläubig starre ich ihn an.

Mutter räuspert sich, wischt sich die Tränen von den Wangen. »Uns war sofort klar, was wirklich am See geschehen war.« Jetzt schaut sie mich wie um Verständnis bittend an. »Wir mussten dich doch beschützen. Du bist doch mein Kind. Ich konnte doch nicht zulassen, dass du –«

Ich habe endlich meine Sprache wiedergefunden und falle ihr ins Wort. »Ihr habt die ganzen Jahre geglaubt, dass ich Paul und die anderen umgebracht habe?«

»Es hat alles darauf hingedeutet«, sagt Robert ernst. Jetzt wirkt sogar er bedrückt.

»Ich habe keine Ahnung, wie diese Waffe in das Auto gekommen ist«, sage ich. »Aber eins weiß ich mit hundertprozentiger Sicherheit: Ich habe niemanden umgebracht.« Ich beiße mir auf die Lippen, um nicht in Tränen auszubrechen. »Wie konntet ihr das von mir denken?«

»Kind, du warst damals außer dir. Ich habe dich kaum wiedererkannt. Die Eifersucht auf Maike und der Schmerz darüber, dass Paul sich von dir getrennt hat, haben dich innerlich zerrissen.«

»Ich habe Paul geliebt, ich hätte ihm niemals etwas antun können.«

Mutter will über den Tisch nach meiner Hand greifen. In einem Reflex ziehe ich sie zurück, schiebe sie unter meinen Oberschenkel.

»Ich sage das nicht gern, aber du warst damals wirklich wie von Sinnen. Robert und ich haben sogar überlegt, ob es nicht besser wäre, dich vorübergehend in eine psychiatrische Klinik einweisen lassen.«

»Mein Gott, ich war achtzehn.« Ich schüttle fassungslos den Kopf. »Das erste Mal in meinem Leben richtig verliebt. Natürlich habe ich gelitten und gedacht, das bedeutet jetzt das Ende der Welt für mich. Sicher habe ich auch mit dem Gedanken an Selbstmord gespielt. Jugendliche reagieren so. Das liegt an den Hormonen. Das weiß doch jedes Kind.« Ich habe mich regelrecht in Rage geredet, schicke wütende Blicke zu meiner Mutter und Robert.

»In der ersten Zeit konntest du dich an nichts Konkretes erinnern.«

»Ja? Und was willst du mir damit sagen?« Ich klinge patziger als beabsichtigt. Aber ich kann nicht verbergen, wie tief es mich verletzt, dass meine Mutter mir zutraut, meine Freunde kaltblütig ermordet zu haben.

»Der Arzt schob die Lücken in deinem Gedächtnis auf die Amnesie aufgrund des schweren Schädel-Hirn-Traumas, dass du bei dem Unfall erlitten hattest. Er sagte, das würde sich bald wieder geben.«

»Aber nachdem ich die Waffe in deinem Auto entdeckt hatte, wurde deiner Mutter und mir ziemlich schnell klar, dass deine Psyche mit aller Macht verdrängt, dass du Paul und seine Freunde umgebracht hast.«

Ich halte die mitleidigen Blicke von Mutter und Robert kaum noch aus, bin kurz davor, zu schreien. Ich fühle mich schuldig für ein Verbrechen, das ich unmöglich begangen haben kann.

»Du hattest nach dem Unfall schreckliche Albträume«, fährt Mutter fort. »Hast im Schlaf geschrien und ständig von einer Pistole gesprochen.«

»Wieso? Ich verstehe das nicht«, flüstere ich.

»Einmal hast du dich im Bett aufgerichtet, mich mit weit aufgerissenen Augen angeschaut und geflüstert: *Ich bin nicht schuld. Leander ist schuld und Felix. Sie waren das.* Ich konnte gar nicht zählen, wie oft du das in den folgenden Nächten im Traum wiederholt hast.«

»Das stimmt ja auch.« Ich bringe die Worte kaum über die Lippen.

»Liebes, die beiden Jungen gibt es nicht, sie existieren nur in deiner Fantasie.«

Ich schüttle den Kopf. »Nein, das ist nicht wahr. Warum hätte ich sie erfinden sollen?«, frage ich verzweifelt, obwohl die Antwort klar auf der Hand liegt.

»Wir haben lange gerätselt, was dich letztendlich zu dieser schrecklichen Tat getrieben haben könnte, aber«, Robert zuckt mit den Schultern, »wir konnten über die wahren Motive nur spekulieren. Doch wir waren uns einig, dass du das Ungeheuerliche, das du getan hast, verdrängen musstest, um weiterleben zu können.«

»Die Polizei konnte die Täter natürlich nie ausfindig machen, denn sie existierten schlichtweg nicht«, fügt Mutter unnötigerweise hinzu.

Reden die beiden wirklich von mir? Ich habe mit einem Mal das Gefühl, dass nichts mehr von dem, was sie sagen, zu mir durchdringt. Ich sitze da, registriere, wie sich ihre Lippen bewegen, wie sie Worte formen, Sätze bilden, und komme mir vor wie in einem Stummfilm, bei dem man vergessen hat, die Untertitel einzublenden.

Erst als jemand laut meinen Namen nennt, klinke ich mich wieder ein. »Ja?«

»Wir müssen uns überlegen, was jetzt zu tun ist«, sagt Robert. »Du musst dich freiwillig stellen. Für das Kidnapping wird man dich auf jeden Fall belangen.«

Ich spüre, wie ein unsinniges Kichern in mir hochsteigt, und presse die Lippen zusammen. Wenn er wüsste, dass ich auch Tonis Baby entführt habe. Oh Gott, ich bin kurz vorm Durchdrehen. *Reiß dich zusammen.*

»Den Mord an Alexander können sie dir nicht anhängen. Er ist nicht mit deiner Waffe erschossen worden.«

»Du klingst, als wäre es dir scheißegal, dass ein Mensch tot ist. Und dass du es warst, der ihn getötet hat. Was hast du dir in dem Moment gedacht? Hast du dir vorgestellt, dass du auf der Jagd bist und auf ein Reh anlegst? Das muss man erst mal bringen.« Die Worte sprudeln nur so aus mir heraus, als kämen sie nicht von mir, sondern von jemand anderem.

»Er hat es für dich getan«, sagt Mutter mit erstickter Stimme. Robert sagt nichts.

»Für mich?«, höhne ich.

»Ja, für dich«, bestätigt Mutter schluchzend.

»Glaubst du das wirklich? Ich denke, er hat es für sich getan, weil er Angst hatte, die Polizei könnte dahinterkommen, dass er damals die Tatwaffe hat verschwinden lassen.«

»Michaela, bitte«, fleht Mutter.

Doch ich kann nicht aufhören. »Ich habe dich übrigens gesehen. Du warst am Haus von Alexander. Was hast du dort gemacht?«

An Mutters überraschtem Blick erkenne ich, dass die Information für sie neu ist. Roberts Gesicht färbt sich rot.

»Ich habe die Akte aus dem Haus geholt und anschließend vernichtet.«

»Und wenn es Kopien gibt? Was machst du dann?« Ich erhebe mich abrupt. Ich muss hier raus. Ich halte es mit den beiden keine Sekunde länger aus.

»Wo willst du hin?«, fragt Mutter alarmiert.

»Weg«, sage ich und stürme aus dem Raum.

In letzter Sekunde denke ich daran, mir meine Jacke von der Garderobe zu schnappen. In einem spontanen Impuls stecke ich auch den Zweitschlüssel meiner Wohnung ein, der am Schlüsselbrett hängt.

Mutter ist mir in den Flur gefolgt. »Bitte, Michaela, lauf jetzt nicht weg. Lass uns vernünftig miteinander reden.«

Ich bleibe auf der Türschwelle stehen und drehe mich langsam um. Sie sieht so verzweifelt und unglücklich aus, dass ich sie am liebsten in den Arm nehmen würde. Doch dann taucht Robert hinter ihr auf und alles in mir verhärtet sich.

»Worüber sollen wir denn reden? Für euch steht doch fest, dass ich eine Mörderin bin.«

Robert tritt neben meine Mutter und legt den Arm um sie. »Wo willst du hin?«

Die Angst, ich könnte mit seinem Mordgeständnis auf direktem Weg zur Polizei gehen, ist ihm deutlich anzusehen. Wortlos drehe ich mich um und verlasse die Wohnung.

Niemand hält mich auf.

31

Der eisige Wind trifft mein glühendes Gesicht wie eine Ohrfeige. Ich laufe durch die Straßen, ohne viel von meiner Umgebung wahrzunehmen. Irgendwann stehe ich wieder vor dem Abfallkorb und taste im Müll nach der Waffe. Mit spitzen Fingern ziehe ich sie heraus und stecke sie in die geräumige Innentasche meiner Jacke. Sie wiegt schwer, als hätte sie in den letzten Stunden an Gewicht zugelegt. Ich habe immer nur die Pistole meines Vaters besessen. Nie eine andere. Sie ist der Beweis, dass ich keine Mörderin bin. Nur, was soll ich mit diesem Wissen jetzt noch anfangen? Ich kann meine Mutter und ihren Lebensgefährten doch nicht anzeigen. Sie haben das schließlich für mich getan. Auch wenn es nicht richtig war.

Ich trotte weiter, fühle, wie die Verzweiflung immer mehr Besitz von mir ergreift. Ich möchte nach Hause, denke ich. Meine Hand umschließt den Schlüssel in der Jackentasche. Einen Versuch ist es wert. Die Polizei hat meine Wohnung sicher längst durchsucht und ist wieder abgezogen. Aber vielleicht beobachten sie das Haus, in dem ich wohne, fällt mir ein. Das lässt sich feststellen. Ich beschleunige meine Schritte.

Mutters Unterstellung will mir nicht aus dem Kopf. Ich habe mir Leander und Felix nicht eingebildet. Das kann nicht sein. Leander kann ich jederzeit vor meinem geistigen Auge abrufen, so deutlich hat sich mir eingeprägt, wie er aussah. Und was ist mit Felix? Von ihm habe ich immer nur eine vage Vorstellung gehabt, die nie ein vollständiges Bild ergab. Das hat nichts zu bedeuten. Leander ist mir besser im Gedächtnis geblieben, weil ich mich vor ihm und seiner sanften Stimme, die so sehr im Gegensatz zu seinem brutalen Handeln stand, am meisten gefürchtet habe. Die Erklärung erscheint mir mit einem Mal mehr als fadenscheinig.

Sofort habe ich Roberts Stimme im Ohr: *Du musstest das Ungeheuerliche, das du getan hast, verdrängen, um weiterleben zu können.*

Das stimmt nicht. So war es nicht. Ich bin keine Mörderin. Ich zucke zusammen. Habe ich das gerade laut gesagt? Verstohlen blicke ich mich um, aber niemand schenkt mir Beachtung. Kurze Zeit später biege ich in die Straße ein, in der ich wohne. Das Wasser des Landwehrkanals klatscht träge gegen die Uferbefestigung. Hinter einigen Fenstern der umliegenden Häuser brennt Licht. Die kleine Straße liegt verlassen im trüben Schein der Laternen. Alles ist wie immer.

Ich gehe an meinem Haus vorbei, spähe in den Innenraum der parkenden Autos. Am Ende der Straße wechsle ich die Seite und mache kehrt. Hinter der Frontscheibe eines Wagens flammt ein Licht auf. Ein Feuerzeug? Im Innenraum mache ich die Umrisse zweier Personen aus und das glimmende Ende einer Zigarette. Also doch. Mein Herz klopft, als wolle es zerspringen. Ich senke den Kopf und gehe weiter. Mein Pulsschlag beruhigt sich erst wieder, als ich in die belebtere Hauptstraße einbiege und mich außerhalb des Blickfelds der beiden Polizisten wähne.

Wo soll ich jetzt hin? Zurück zu meiner Mutter will ich auf gar keinen Fall. In ein Café? Ich habe nicht einen Cent in der Tasche. Zu allem Überfluss fängt es auch noch zu schneien an. Fröstelnd ziehe ich die Schultern hoch und schiebe meine kalten Hände in die Jackentaschen. Was ist das? Zusammen mit dem

Zweitschlüssel meiner Wohnung hole ich einen Autoschlüssel hervor. Offenbar habe ich den in der Eile vorhin mitgegriffen. Der Wind treibt mir den Schnee ins Gesicht. Draußen wird es immer ungemütlicher. Ich überlege nicht lange und marschiere den Weg zu Mutters Wohnung zurück.

Ihr Auto ausfindig zu machen ist zum Glück ein Kinderspiel. Es ist feuerrot und sticht aus den Reihen der dunklen Wagen heraus. Ich entsperre es und steige ein. Die Scheiben sind beschlagen. Im Innern ist es genauso kalt wie draußen. Mit klammen Fingern stecke ich den Schlüssel ins Zündschloss, starte den Motor und fahre los. Nach einer Weile stelle ich fest, dass ich mich in dem Bezirk befinde, in dem Ira wohnt. Mein Unterbewusstsein hat mich offenbar hierhergeführt. Obwohl ich bezweifle, dass ihr Angebot, mir zu helfen, nach wie vor gilt. Immerhin habe ich sie mit einer Waffe bedroht, und sie weiß, dass ich von der Polizei gesucht werde. Aber sie ist der einzige Mensch, zu dem ich jetzt noch kann.

Vor Iras Haus wird gerade ein Parkplatz frei. Ein gutes Omen. Dennoch bleibe ich unschlüssig im Auto sitzen, sehe zu, wie Schneeflocken die Frontscheibe mit einer weißen Schicht bedecken und mir nach und nach den Blick auf die Außenwelt verwehren. Für einen Augenblick fühle ich mich, abgeschirmt von meiner Umgebung, sicher und geborgen. Doch bereits nach wenigen Minuten kriecht die Kälte von draußen herein und ich beginne, zu frieren.

Ich steige aus und stakse steifbeinig die Stufen zum Hauseingang hoch. Es dauert eine ganze Weile, bis Iras Stimme durch die Gegensprechanlage tönt.

»Ich bin's. Michaela«, nuschle ich. Ich bekomme die Zähne vor Verlegenheit nicht richtig auseinander.

»Wer ist da?«, fragt Ira hörbar irritiert.

»Michaela«, wiederhole ich etwas lauter.

Schweigen am anderen Ende der Leitung. Hat sie den Hörer einfach kommentarlos eingehängt?

Was hast du erwartet? Dass sie dich mit offenen Armen empfängt? Enttäuschung legt sich mir schwer wie ein Stein auf den Brustkorb.

Ich bin schon wieder auf der ersten Treppenstufe, da surrt hinter mir der Türöffner. Ira empfängt mich auf der Schwelle zu ihrer Wohnung. Mit verschränkten Armen, ihr Gesicht verschlossen, die Augen wachsam.

»Was willst du hier?«, fragt sie kühl.

»Ich kann nirgendwo sonst hin«, sage ich. Es kommt kläglicher heraus, als ich wollte.

Aber es verfehlt offenbar nicht seine Wirkung. Iras harte Miene wird etwas weicher.

»Okay«, sagt sie zögernd, »komm rein.«

»Danke«, erwidere ich und bleibe abwartend in der Diele stehen. Ira schließt die Wohnungstür.

»Ich hatte gehofft, du würdest dich stellen«, sagt sie.

»Weißt du … es ist etwas …«, stottere ich und weiß nicht, wie und wo ich anfangen soll.

»Zieh doch erst mal deine Jacke aus«, sagt sie. »Dann reden wir in Ruhe, ja?«

Ich schäle mich aus der Jacke, dabei rutscht die Pistole aus der Innentasche und schlägt polternd auf dem Dielenboden auf.

Ira weicht zurück. Ihre Augen weiten sich.

»Keine Angst«, sage ich hastig. »Du kannst sie an dich nehmen. Ich brauche sie nur noch als Beweisstück, dass nicht ich Alexander erschossen habe.«

Ira nimmt mich beim Wort. Mit spitzen Fingern hebt sie die Waffe auf, legt sie in die Garderobenschublade und schließt diese mit Nachdruck. Dann bedeutet sie mir, ihr zu folgen. Im Wohnzimmer läuft der Fernseher. Nachrichten. Der Sprecher schaut mit ernstem Gesicht in die Kamera. Seine Lippen bewegen sich, aber der Ton ist offenbar auf null gestellt.

»Nimm Platz.«

Ira greift nach der Fernbedienung und schaltet das Gerät aus. Sie setzt sich mir gegenüber und schaut mich fragend an. Ich schlucke. Wo soll ich anfangen?

»Du sagtest, du könntest mir vielleicht helfen, Licht ins Dunkel meiner Erinnerung zu bringen«, sage ich schließlich.

»Was ist passiert?«

»Ich habe mich geirrt.« Ich verschränke meine Finger ineinander. Es fällt mir unsagbar schwer, es zuzugeben. Die Worte wollen mir kaum über die Lippen. »David, der Mann meiner Freundin«, ergänze ich erklärend, »ist nicht Leander.«

»Ich habe es geahnt«, sagt Ira, einen Anflug von Mitleid in ihrer Stimme.

Ich ziehe meine Unterlippe zwischen die Zähne, nehme all meinen Mut zusammen und stelle die Frage mit brüchiger Stimme: »Hältst du es für möglich, dass Leander und sein Freund Felix nur in meiner Fantasie existieren?«

32

Stille.

Schließlich löse ich den Blick von den Händen in meinem Schoß und schaue hoch, direkt in Iras Augen, die mich forschend mustern.

»Ja«, sagt sie gedehnt. »Möglich wäre das schon. Wie kommst du darauf, dass das der Fall sein könnte?«

»Das spielt keine Rolle«, entgegne ich.

»Michaela, wenn du mir nicht vertraust, kann ich dir nicht helfen.«

»Ich kann es dir nicht sagen. Es würde meine Mutter –« Ich stocke, zucke hilflos mit den Schultern. »Dann gehe ich wohl besser wieder.« Ich mache Anstalten, mich zu erheben.

»Nein, bleib hier. Bitte.« Ira steht auf. »Du kannst im Gästezimmer schlafen. Morgen sehen wir dann weiter.«

»Danke«, sage ich mit Tränen in den Augen.

»Versteh mich nicht falsch«, ergänzt sie. »Das ist jetzt kein Freibrief. Ich bin nach wie vor der Meinung, dass du dich der Polizei stellen und für deine Taten geradestehen musst.«

Ich nicke und flüstere: »Ich will endlich wissen, was damals am See wirklich passiert ist.«

»Wir können versuchen, das mittels Hypnose herauszufinden«, sagt Ira. »Aber ich kann nicht versprechen, dass es gleich beim ersten Mal gelingt. Vielleicht ist es sogar so tief in dir verborgen, dass wir den Zugang nicht finden. Und falls doch«, sie macht eine Pause, »dann besteht durchaus die Möglichkeit, dass dir nicht gefällt, was an die Oberfläche gespült wird.«

»Das nehme ich in Kauf«, antworte ich, obwohl es mich unwillkürlich fröstelt.

Ira zeigt mir das Gästezimmer, ein schmaler Raum mit einem ebensolchen Bett und einem Kleiderschrank aus Kiefernholz. Nicht wirklich gemütlich, aber zumindest ein Ort, an dem ich mich für diese eine Nacht sicher fühlen kann. Sie drückt mir Bettwäsche in die Hand, zeigt mir, wo das Bad ist, und wünscht mir eine gute Nacht.

»Ich danke dir sehr«, sage ich, als sie das Zimmer verlassen will.

»Wahrscheinlich mache ich einen großen Fehler.« Sie verzieht den Mund zu einem Lächeln. »Du hast, wie schon gesagt, Glück, dass du mich an meine verstorbene Tochter erinnerst.«

Sie zieht die Tür hinter sich zu. Der Wunsch, sie möge bei mir bleiben, bis ich eingeschlafen bin, ist plötzlich da. Ich bin tatsächlich kurz versucht, ihr hinterherzulaufen und sie wie ein kleines Kind darum zu bitten. Aber ich bin eine erwachsene Frau. Also beziehe ich das Bett, gehe anschließend ins Badezimmer, putze mir die Zähne und schlüpfe kurze Zeit später unter die Decke.

Kaum liege ich im Bett, ist meine Müdigkeit verflogen. Bestimmt werde ich die ganze Nacht kein Auge zutun. Ein Gedanke hat sich in meinem Kopf festgesetzt, lässt sich nicht wegdrängen. Die Pistole, die Robert damals in dem Unfallwagen gefunden hat. Wie ist sie dahin gekommen? War es meine Pistole? Hatte ich sie damals bei mir? Über diesen Gedanken dämmere ich weg.

Es ist mitten in der Nacht, als ich aufstehe, mich anziehe und Iras Wohnung verlasse. Der Himmel ist sternenklar, die Luft klirrend kalt. Eiskrusten überziehen die parkenden Autos wie dicker Zuckerguss. Die Straßenlampen malen helle Lichtkreise auf das Pflaster der Bürgersteige. Ich steige in mein Auto und fahre los. Auf leeren Straßen gleitet der Wagen geräuschlos durch die Nacht. Den Weg vom Parkplatz zum See finde ich im Schein der Sterne ohne Probleme.

Das kalte Licht des Mondes ergießt sich über die dunkle Wasseroberfläche des Sees. Sie ist glatt wie ein Spiegel. Die Stille ist so umfassend, dass ich glaube, meinen eigenen Herzschlag zu hören. Rechts stehen die beiden Zelte. Sie sind leer. Auch die Räder sind weg. Niemand ist da. Meine Augen suchen die Umgebung ab. Höre ich da ein Lachen? Nein, das ist der Wind, der leise durch die kahlen Äste streift.

Jetzt erreicht er auch mich. Er streicht über mich hinweg, so sanft wie eine Liebkosung. Eine Gänsehaut kriecht mir über den Körper.

Und plötzlich, wie aus dem Nichts, nehmen sie vor meinen Augen Gestalt an. Juli, Maike, Paul und Erik. Lautlos verteilen sie sich um mich herum, nehmen ihre Plätze ein. Wie Schauspielerinnen und Schauspieler, die auf der Bühne darauf warten, dass die Saalbeleuchtung erlischt und sich der Vorhang hebt. Spot an und das Spiel kann beginnen.

Maike tritt vor, in der Hand eine Pistole. Ihr Gesicht ist tränenüberströmt. Der erste lautlose Schuss trifft Paul, der zweite Juli, der dritte Erik. Starr vor Entsetzen sehe ich zu. Blut tränkt den Boden dunkel.

Jetzt hat Maike mich entdeckt, sie steigt über die toten Körper hinweg, kommt auf mich zu.

»Ich habe auf dich gewartet«, sagt sie. »Drei Tage und drei Nächte habe ich gewartet und jede einzelne Sekunde davon gehofft, dass du zurückkommst und mich holst.«

»Ich … ich …«, stammle ich.

»Du hast es versprochen.«

Sie hebt die Waffe, zielt nun auf mich. Ich sinke in die Knie, verberge mein Gesicht in den Händen. »Es tut mir leid«, flüstere ich. »Verzeih mir.«

»Du wirst sterben. Wie Paul und die anderen. Sie waren es nicht wert.«

Ich spüre den Lauf der Pistole hart an meinem Hinterkopf.

»Nein, bitte nicht!«, schreie ich.

Und fahre schweißgebadet hoch.

Wo bin ich? Mein Herz klopft zum Zerspringen. Einzelne Traumbilder geistern erneut durch meinen Kopf, verschwimmen und lösen sich auf. Erst allmählich wird mir klar, dass ich einen Albtraum hatte. Mit einem erleichterten Seufzer sinke ich auf das Kopfkissen zurück.

Was für ein verstörender Traum.

Mit einem Mal bin ich hellwach. Ich springe aus dem Bett. Wo ist die Notiz, die ich in Alexanders Wohnung gefunden habe? Ich greife nach meiner Hose, stelle irritiert fest, dass es nicht meine ist. Stimmt. Ich habe mich bei Mutter ja umgezogen. Der Zettel mit den unverständlichen Kürzeln befindet sich also dort. Ich lasse mich auf die Bettkante sinken. An ein M erinnere ich mich. M wie Maike? Der erste Buchstabe ist ein I, fällt mir ein, der zweite ein M. IMdT, jetzt habe ich es. Dahinter ein Fragezeichen. Und plötzlich weiß ich auch, was die Buchstabenfolge bedeutet: Ist Maike die Täterin?

Hat tatsächlich Maike ihre Freunde ermordet? Aber warum? In meinem Kopf überstürzen sich die Fragen. Ich versuche, mir die Szene aus dem Traum ins Gedächtnis zurückzurufen, aber ich bekomme sie nicht richtig zu fassen.

Konzentrier dich! Was ist damals passiert? Mein Mund wird ganz trocken vor Aufregung. Ich bin kurz davor, die Wahrheit herauszufinden, das kann ich spüren. An schlafen ist nicht mehr zu denken. Vorsichtig öffne ich die Tür und schleiche barfuß in die Küche. Ich nehme mir eine Flasche Wasser aus dem Kühlschrank und tappe zurück ins Gästezimmer.

Ich trinke einen großen Schluck und schließe die Augen. Mir schwirrt der Kopf.

Ein Gedanke blitzt plötzlich auf. Ich will ihn wegschieben, aber er drängt sich mit aller Macht ganz nach vorne in mein Bewusstsein.

Es könnte auch ganz anders gewesen sein. Das M in Alexanders Notiz könnte genauso gut für Michaela stehen.

33

»Nein«, flüstere ich und wiederhole es gleich noch einmal. »Nein, das kann nicht sein.«

Ich verfügte nie über eine andere Pistole als die meines Vaters. Und die habe ich noch immer. Sie ist der eindeutige Beweis, dass ich es nicht gewesen sein kann. Wie ein Mantra versichere ich mir das ein ums andere Mal. Doch das ungute Gefühl will sich nicht auflösen.

Wieder verlasse ich das Gästezimmer, schleiche ins Wohnzimmer und kehre mit dem Telefon zurück. Es ist fünf Uhr. Wahrscheinlich schlafen sie noch. Aber ich kann nicht länger warten. Ich muss es jetzt wissen. Ich tippe die Nummernfolge ein. Mutter nimmt nach dem zweiten Klingelton ab.

»Mama, ich bin's. Michaela.«

»Oh, Gott sei Dank. Wo bist du? Ich habe mir solche Sorgen gemacht. Bitte komm nach Hause. Dann reden wir noch mal, ja?«

»Ich muss mit Robert sprechen. Dringend«, sage ich, ohne auf sie einzugehen.

»Er schläft noch«, antwortet sie hörbar irritiert.

»Dann weck ihn bitte. Es ist wirklich sehr wichtig.«

»Gut«, sagt sie gedehnt. »Warte einen Augenblick.«

Mir wird ganz flau vor Aufregung. Ich hoffe so sehr, dass Robert mir die ersehnte Auskunft gibt. Es kommt mir ewig vor, bis er sich endlich meldet.

»Hallo, Michaela. Du willst mich sprechen?« Er klingt verschlafen.

»Was hast du mit der Waffe gemacht, die du im Unfallauto gefunden hast?«

»Ich«, er stockt, hustet. Wie immer, wenn er aufgeregt ist. Kein gutes Zeichen.

»Ja?«, hake ich ungeduldig nach.

»Ich habe lange überlegt, was ich damit machen soll«, bringt er schließlich zwischen zwei Hustern hervor.

»Ja, und? Was hast du mit ihr gemacht?« Roberts umständliche Art, um alles drum herum zu reden, bevor er mal auf den Punkt kommt, macht mich ganz kribbelig.

»Erst wollte ich sie einfach wegwerfen. Aber dann habe ich überlegt, dass sie an ihrem alten Platz vielleicht am besten aufgehoben ist.«

Ich schlucke. »An ihrem alten Platz?«

»Ja, in der Holzkiste, in der du auch die anderen Erinnerungsstücke an deinen Vater aufbewahrst.«

»Woher weißt du davon?«

»Deine Mutter hat es mir erzählt.«

Mir wird augenblicklich schlecht.

»Und die Waffe aus dem Auto hast du wieder in meine Kiste gelegt?«, frage ich.

»Ja«, hustet Robert. »Deine Mutter und ich dachten uns, wenn du sie irgendwann vermisst, wirst du dich fragen, wo sie hingekommen ist, und –«

Ich unterbreche die Verbindung. Mit hängenden Schultern bleibe ich mitten im Zimmer stehen. Das Telefon gleitet mir aus der Hand, schlägt auf dem Boden auf. Automatisch bücke ich mich danach.

Nein, schreit mein Verstand, das kann nicht sein. Ich bin doch keine Mörderin. Es muss eine andere Erklärung geben.

Wie in Trance ziehe ich mich an. Ich bringe das Telefon zurück und schreibe auf den Block, der neben der Station auf der Kommode liegt, eine kurze Notiz für Ira:

Danke für alles, liebe Ira. Dich trifft keine Schuld.

Im Flur schlüpfe ich in meine Stiefel, nehme die Jacke von der Garderobe, die Pistole aus der Schublade und ziehe die Wohnungstür leise hinter mir ins Schloss.

34

Es ist halb sieben, als ich den Wagen von der Autobahn auf die Landstraße steuere. In Richtung Berlin sind bereits viele Pendler unterwegs, aber meine Fahrbahn ist relativ leer. Ich komme zügig voran. In der Morgendämmerung erreiche ich den Parkplatz. Ich fühle mich seltsam emotionslos, als hätte ich einen Schalter umgelegt. In meinem Kopf das Gefühl von Watte. Nicht ein Gedanke findet darin Halt.

Schon nach wenigen Metern auf dem schmalen Pfad brennt die eisige Morgenluft auf meiner Haut. Mit der rechten Hand halte ich die Pistole fest umklammert. Schritt für Schritt nähere ich mich dem See. Die Erinnerung stellt sich von selbst ein. Mein Geist taucht ab. In die Vergangenheit. Es ist Sommer. Der Sommer 2003.

Vogelgezwitscher im Wald. Staub kitzelt in meiner Nase. In der Luft hängt der Geruch nach Harz. Die Hitze umschließt mich wie eine unsichtbare Zelle.

Ich registriere die Geräusche, das Knacken der Äste, das Ächzen der Bäume. Ich empfinde keine Angst, ich gehe weiter den Weg entlang, ohne ein Zögern.

In der Hand halte ich die Waffe meines Vaters. Ich habe sie mitgenommen. Ich werde Paul drohen, mich vor seinen Augen zu erschießen. Ihm damit zeigen, wie sehr ich ihn liebe. Vielleicht wird ihm dann endlich klar, dass er mich auch liebt. Ich höre Pauls Lachen. Spöttisch. Nein, hämisch. Macht er sich lustig? Über mich? Erzählt er den anderen gerade von mir? Lachen sie mich alle aus? Es zerreißt mir das Herz.

Ich folge der Biegung. Der Pfad wird breiter. Der Wald lichtet sich. Vor mir liegt der See. Nebel steigt auf. Ich gehe langsam weiter.

Rechts die Zelte. Gelächter. Nicht enden wollendes Gelächter. Der Hund knurrt. Kommt mit gefletschten Zähnen auf mich zu. Schieße ich auf ihn? Ja, ich schieße auf ihn. Ein jämmerliches Fiepen. Die Läufe knicken weg. Juli stürzt aus dem Zelt, kommt mit erhobenen Fäusten auf mich zu.

Und ich schieße.

Auf Juli.

Auf Paul.

Auf Erik.

Nein. Ich schüttle den Kopf. So kann es nicht gewesen sein. Es gab einen Hund, er hieß Corky. Aber ich habe ihn nicht gesehen. Wie war es dann? Ich spule in meiner Erinnerung ein Stück zurück.

Ich sehe Paul. Er kommt aus dem Zelt, entdeckt mich und seine Miene versteinert. Er sagt, ich solle verschwinden, ihn endlich in

Ruhe lassen, ich sei ja krank im Kopf. Sein Mund klappt auf und zu, eine Gehässigkeit nach der anderen fließt heraus. Ich will, dass er damit aufhört, immer wieder schreie ich, dass er aufhören soll. Aber er macht weiter. Und dann schieße ich. Jetzt ist er still. Juli und Erik stehen wie gelähmt, starren mich an, als wäre ich ein Monster. Jetzt schreien sie. Ich schieße wieder. Bis auch sie still sind.

Das Licht des anbrechenden Tages färbt das Wasser des Sees silbern. Der Nebel ist zäh, lichtet sich nur langsam. Mir ist warm. Sicher wird es wieder ein sehr heißer Tag werden. Ich ziehe den Reißverschluss meiner Jacke auf.

Ein markerschütternder Schrei. Maike. Entsetzen in ihren Augen. Sie läuft weg.

Ich stehe am Ufer des Sees, lasse meinen Blick über ihn gleiten. Die Strahlen der aufgehenden Sonne bringen das Wasser zum Glitzern, als wäre es mit tausend Diamanten übersät. Ein sanfter Wind kräuselt die Wasseroberfläche. Wie schön, denke ich, und so friedlich. Vorsichtig wate ich in den See hinein. Die Waffe in meiner Hand wiegt immer schwerer.

Bin ich Maike hinterhergelaufen? Ja, das bin ich. Sie war schnell, aber ich war schneller. Sie hat sich gewehrt, aber ich war stärker. Und ich hatte die Pistole. Ich habe sie an den Baum gefesselt. Sie sollte einen langsamen, qualvollen Tod sterben als Strafe dafür, dass sie mir Paul weggenommen hat.

Ich habe Maike dort im Wald einfach sterben lassen.

Die Pistole entgleitet meiner Hand, platscht ins Wasser. Ich kann sehen, wie sie rasch auf den Grund sinkt. Wie in Zeitlupe bewege ich mich vorwärts. Zerteile mit den Händen die Wasseroberfläche und folge den kleinen Wellen in den See hinein. Neben mir taucht Paul auf. Er schenkt mir ein Lächeln und nimmt mich an die Hand. Jetzt finden sich auch die anderen ein. Juli, Erik und Maike. Ihre Körper schweben wie schwerelos um mich herum. Sie begleiten mich in die Tiefe des Sees.

Das Wasser schließt sich über mir. Meine Füße verlieren den Kontakt zum Boden. Ich werde schwer. Ganz schwer. Paul hält mich fest, ganz fest und zieht mich mit sich in den dunklen Schlund. Ich atme das Wasser, lasse mich treiben, sinke tiefer und tiefer. Hinein ins Nichts.

Ein halbes Jahr später

Auszug aus einem Artikel im Berliner Tagesspiegel:

Cold Cases – großer Erfolg für die Sondereinheit der Kripo

Gestern Abend hat die Kriminalpolizei in München zwei Männer festgenommen. Sie sind dringend tatverdächtig, vor sechzehn Jahren ein Ehepaar, ihren acht Jahre alten Sohn und die fünfzehnjährige Tochter ermordet zu haben. Die Polizei geht davon aus, dass diese Morde nicht die einzigen Verbrechen sind, die den beiden zur Last gelegt werden können. Auch der nicht aufgeklärte Mord an vier Jugendlichen an einem Brandenburger See nahe Berlin im Jahr 2003 scheint auf ihr Konto zu gehen. In beiden Fällen ließen die Täter ein weibliches Opfer an einen Baum gefesselt und geknebelt zum Sterben im Wald zurück. Die Männer waren zum Zeitpunkt beider Taten erst dreizehn Jahre alt und damit nicht strafmündig. Daher können sie nach deutscher Gesetzgebung für keinen der Morde zur Verantwortung gezogen werden.

Danksagung

Als Erstes möchte ich meinen Leserinnen und Lesern danken. Ich hoffe, der Thriller hat euch ein paar spannende Stunden geschenkt und ihr freut euch auf weitere Geschichten aus meiner Feder.

Weiterhin möchte ich mich herzlich bei meinen Testleserinnen bedanken, dass ihr meiner Bitte ohne zu zögern nachgekommen seid. Ich hoffe sehr, ihr seid auch bei meinem nächsten Thriller wieder mit an Bord: Anja Schubert, Anica Neumann, Simone Fischer, Bettina Reitz, Bettina Maraun, Juliette Manuela Braatz, Annette Lunau, Daniela Krüger, Tanja Schölzel und Claudia Gneißinger. Ihr seid die Besten.

Ganz besonders danke ich meinem Mann Thomas Nommensen, der selbst Thriller schreibt und mir auch dieses Mal als ideenreiche Muse und zudem als Erst-Lektor zur Seite stand. Unsere Zusammenarbeit hat sich, wie ich finde, sehr gelohnt, und unsere Ehe hat diese Bewährungsprobe unbeschadet überstanden. ☺

Wenn du, liebe Leserin, lieber Leser, auch der Meinung bist, dass mir ein spannender Thriller gelungen ist, würde ich mich sehr freuen, wenn du eine Bewertung auf Amazon einstellst oder meinem Buch ein paar Sterne schenkst. Wer über weitere Bücher von mir und andere Neuigkeiten informiert werden möchte, sollte sich auf meiner Website jutta-maria-herrmann.de für den Newsletter anmelden. Dann seid ihr immer auf dem Laufenden. Falls ihr Fragen zu dem Buch habt, schreibt einfach an jutta@jutta-maria-herrmann.de. Ich bemühe mich, auf jede Mail zu antworten. Ihr findet mich auf Instagram und Facebook und könnt mich selbstverständlich auch dort kontakten.

Facebook: https://www.facebook.com/ JuttaMariaHerrmann Autorin/

Instagram: https://www.instagram.com/jutta.maria.herrmann/

Ich würde mich freuen, von euch zu hören.

Jutta Maria Herrmann

März 2020